# Dis Papy

Marcel Navarro

# Dis Papy

*Complicité*

**Tome 2**

# Préface
## d'Estelle Guichard

Nous rencontrons parfois des sages... Parfois pas. Il faut alors les trouver ailleurs, à travers des voyages ; et la lecture laisse entrevoir de nombreux paysages au fil des pages.

D'humbles récits vous surprennent parfois par leur profondeur : lire « Dis Papy », c'est déjà apprendre la vie ; observer la sagesse, « voir l'univers avec les yeux d'un autre, de cent autres » ; faire l'expérience des mots qui font mûrir ; recevoir un rayon de soleil en plein cœur.

Prenez vos bagages. Traversez la vie, du fond de votre lit. Embarquement imminent pour un pays haut en couleurs ; un pays de rêve dont vous sortirez grandi. Glissez-vous sous vos draps, le visage caressé par un coussin froid, le corps endormi sous une couette lourde et douce à la fois. Le coton, peu à peu, vous enveloppera. Si les maux vous accablent, si vous ne savez être que poètes : sonnez la clochette. Évadez-vous. Cherchez refuge dans le jardin de Papy. Venez lui conter vos préoccupations sur son banc de pierre ; posez vos questions ; exposez vos problèmes. Il sera présent, protecteur... Respirez. Sentez l'odeur des fleurs. Oubliez l'aiguille de l'horloge qui défile, au fil des cafés, des pâtisseries de Mamie.

P'tit Paul et Julien vous feront voir le monde à travers des yeux enthousiastes, emplis de curiosité face à la vie. Antoine donnera une chance à tous les parents absents. Vous admirerez Papy Michel pour son dévouement à sa famille, son pacifisme, son sens du pardon. Vous serez pris par l'envie dévorante de découvrir qui était Mamie…

N'hésitez plus. Ce récit recèle des merveilles ; il est une thérapie-soleil.

"Ne cherchez pas à éviter à vos enfants,
les difficultés de la vie ;

apprenez-leur à les surmonter."

Louis Pasteur

# Retrouvailles

*Après des vacances méritées, Papy Michel rentre chez lui. Tellement habitué aux allées et venues de son propriétaire, ce jardin a volontiers accepté un relooking. Si une partie du potager a été préservée, l'autre est devenue un espace de vie où il est si agréable de venir se ressourcer. La clochette attend de pied ferme les prochains visiteurs. Elle va pouvoir reprendre son concerto !*
*L'allée gravillonnée a été soigneusement ratissée par le père de Grégory. Hélène a pris soin de remplir la boîte à gâteaux de Mamie. P'tit Paul et Juju sont dans les starting-blocks. Tout est fin prêt !*
*La voiture d'Antoine s'arrête devant le portail rutilant.*

– Qu'est-ce qui est arrivé à mon portail ?
– Je l'ai fait repeindre, Papa.
– Tu as eu raison, mon fils !
– Tu es content de rentrer ?
– Bien sûr, mais j'ai toujours cette musique formidable dans la tête. Ces Antillais, ils chantent et se trémoussent à longueur de journée. C'est eux qui ont raison !
– Ton esprit est resté là-bas ! Il va falloir t'habituer au calme désormais.
– Peut-être Antoine, mais j'ai encore toute ma tête. J'entends bien une musique exotique, là ?
– Ah bon !

*Après avoir rapidement déposé ses bagages, Papy fonce vers la grange. Il a tout compris, il en sourit, ses pas se font de plus en plus rapides... Il s'arrête devant la porte, regarde son fils avec une émotion qui le prend à la gorge.*

– Après l'ouïe, c'est l'odorat. Vous n'allez pas passer les cinq sens en revue ! Une odeur de cuisine antillaise me chatouille les narines maintenant.

*Des rires étouffés arrivent jusqu'à lui. Deux silhouettes sortent des taillis.*

– Le troisième sens, je m'en doutais. Elles sont superbes vos chemises mes p'tits gamins. On se croirait dans les îles !

*Papy éprouve quelques difficultés à se maintenir debout quand ces deux garnements lui foncent dessus pour le couvrir de bisous. "Papy la tendresse" les étreint. Aucune main disponible pour essuyer les quelques larmes qu'il ne peut retenir.*

– Le quatrième sens mon P'tit Paul, c'est le toucher. Une manifestation de tendresse qui me va droit au cœur, qui me touche...
– Tu nous as manqué Papy ! Le jardin sans toi, c'est pas pareil !
– Merci Julien ! Et toi mon P'tit Paul, tu n'as plus de langue ?
– Si mon petit Papy mais je ne pouvais pas parler. Ça me serrait là !
– On est tous émus. C'est normal !
– Dis Papy, c'est quoi déjà le cinquième sens ? Tu as parlé des quatre premiers mais pas du cinquième !
– Tu sais qu'il y en a cinq. C'est bien Paul !..
– Bonjour Papy !
– Bonjour ma belle Hélène !
– Vous allez nous raconter tout ça. Je viens d'entendre votre conversation. Je vous propose que nous testions ce fameux cinquième sens !
– Maman, personne me répond. C'est quoi ce cinquième sens ?
– Le goût P'tit Paul !

# Promesse

*La clochette s'est mise sur son 31 aujourd'hui : elle brille ! Papy Michel l'a nettoyée, lui gommant quelques petites traces de peinture par ci, par là ! Sa mélodie est toujours aussi agréable quand P'tit Paul pousse le portail. Une ambiance détendue pour un rituel qui reprend ses droits dans le jardin.*

- Bonjour Papy ! C'est chouette, on va recommencer comme avant !
- Une simple pause mon bonhomme. Tu m'as l'air en forme...
- Oui, tout va super bien ! J'ai discuté avec la maîtresse.
- Et de quoi avez-vous parlé ?
- Elle m'a dit qu'elle était très contente de moi mais qu'au début de l'année, elle avait peur de moi... Suis pas un monstre !
- Elle a dû le dire autrement, non ?
- Sais plus moi !.. Ah oui, elle a eu peur que je lui manque de respect.
- Oui, je comprends. Elle redoutait ton attitude, pensant que tu agirais tout le temps comme ça, parlant sans arrêt. C'est vrai que c'est une forme de manque de respect !
- Papa dit que le plus important, c'est le respect. Qu'il ne supporte pas le manque de respect !
  Oui mais là, je parlais parce que je voulais qu'elle voie que je connaissais la réponse. C'est tout !
- Dans une classe, on se doit de respecter des règles. Ces règles qui nous permettent de vivre en groupe , en société, avec les autres.
- Mais elle, je la respectais !..
- Le respect, c'est très vaste et un peu compliqué à t'expliquer en détail...
- Je peux comprendre Papy.
- J'y réfléchis. En attendant, on se prend une collation.

*Suivi comme son ombre par P'tit Paul, Papy se lève pour aller dans la cuisine. Les deux complices reviennent et s'installent sur le banc de pierre de part et d'autre du plateau.*

- Je vais te faire un résumé.
- J'adore les résumés !
- Je viens de te parler du non-respect des règles.
- Oui, j'ai compris et Maman m'a déjà expliqué. C'est quand on désobéit. Il peut y avoir une punition.
- C'est ça, après tu peux manquer de respect à quelqu'un.
- Là, c'est la bagarre !
- En quelque sorte, oui et il peut y avoir alors une sanction directe par la personne que tu n'as pas respectée ou par une autorité chargée de maintenir l'ordre.
- C'est facile Papy !
- Une notion un peu plus douloureuse, le respect des morts.
- On en a parlé avec la maîtresse quand elle nous a expliqué en histoire la comémo... ah oui,.. la commémoration du 11 novembre...
- Oui, la commémoration de l'armistice du 11 novembre 1918. C'est une cérémonie en souvenir des morts pendant la guerre. On se doit doit aussi de respecter les personnes décédées, leur histoire.
  Et enfin le respect de la parole donnée.
- C'est quand tu jures que tu vas faire...
- Que tu vas respecter ce que tu as dit, ton engagement.
- C'est quand on est honnête ?
- Eh bien oui mon bonhomme ! Quand on promet...
- Non, ce n'est pas possible... Papa, il est pas honnête alors !
- Qu'est-ce que tu racontes ?
- Il a dit à maman, devant nous: "Je te donne ma parole. Dans quelques mois, c'est fini !"

10

– Tu m'inquiètes là...

– Ben oui, c'était au 1er janvier et on est bientôt à Noël et... il fume toujours !

Un enfant est un ignorant mais pas un aveugle.
Quand on ne veut pas traumatiser ses enfants,
on les traumatise quand même,
parce qu'ils espèrent des retrouvailles
qui n'arrivent jamais.

Un roman français
de Frédéric Beigbeder

# Pile ou face ?

*La clochette chante joyeusement et danse sous l'impulsion dynamique des deux visiteurs pressés de retrouver leur Papy. Le sprint sur l'allée fait voltiger les gravillons.*

- Eh bien, quelle énergie mes Girard !
- Bonjour Papy.
- Bonjour mon Papy.
- J'ai droit à la stéréo. Que me vaut l'honneur de cette double visite ?
- On avait envie de venir ensemble aujourd'hui, hein Julien ?
- Oui, et Paul a accepté que je vienne avec lui.
- Aucun problème mes gamins, le samedi ou le dimanche comme vous le désirez.
- Oui Papy, mais on voulait aussi venir le dimanche … quand c'est possible ! Julien est d'accord.
- En tout cas, moi, je suis ravi... On va fêter ça ! Du pétillant pour que ça fasse champagne ? OK pour la limonade.
- Tu ne bouges pas mon Papy, on s'occupe de tout. Tu viens P'tit Paul ?

*Papy admire ses deux amours. Que du bonheur ! Les deux frères sortent de la cuisine en se dirigeant d'un pas décidé vers la grange. Sacrés garnements, ils avaient tout prémédité !*

- J'aime beaucoup vous voir ainsi mes bonshommes. Alors, qu'avez-vous à me demander ?
- Comment t'as deviné Papy ?
- Je vous connais par cœur. Alors qui commence ?
- Moi !
- Non moi !
- Encore la stéréo. Si vos demandes sont différentes, je vais les

13

prendre en mono. On va tirer au sort… à pile ou face !
- Pile Papy !
- Moi aussi je voulais pile ! C'est toujours toi Paul qui choisis !
- On va donc tirer au sort une première fois pour savoir qui choisira "pile" pour le deuxième tirage au sort. Ça vous va ?
- Non, c'est nul ! On perd du temps en plus.
- Je pense plutôt que c'est ridicule ! Vous ne trouvez pas ?
- Oui c'est vrai mais comment on fait alors ?
- Vas-y P'tit Paul !
- Voilà, on voulait faire une fête avec Julien dans la grange le week-end prochain mais pas le même jour !
- Non, pas une fête Papy mais des activités et comme on n'a pas le même âge avec Paul, les jeux seront différents.
- Je comprends mieux. Tu penses à quelles activités Julien ?
- On voudrait apprendre à jouer au poker…
- Tu auras compris Julien que je refuse les jeux d'argent chez moi ! Avec des jetons, il n'y aura aucun problème !
- Et toi P'tit Paul ?
- Moi, je voulais faire un après-midi "jeux de société". Les copains apportent un jeu peu connu et on les essaie tous !
- Super idée mon p'tit bonhomme !
- Papy, j'ai envie de changer et utiliser aussi le flipper et le billard. Faire comme une petite compétition avec les trois épreuves.
- Excellent ! Tu doseras dans le temps pour ne pas y passer la semaine. Qui commence ?
- Moi !
- Non Paul, c'est toi qui as déjà choisi tout à l'heure...
- J'ai pas choisi, j'ai parlé en premier, nuance… comme dit Papy !
- C'est compliqué votre histoire ! C'est normal, vous avez une bonne différence d'âge.
  C'est d'accord pour tous les deux. Vous pouvez inviter vos

copains. Il faut me dire combien vous serez et voilà !
- Oui mais qui commence Papy, le samedi ?
- Eh bien, c'est moi le samedi, tu le sais bien !
- Encore toi !
- Bon, j'ai compris, suivez-moi !

*Papy va chercher un petit fascicule, s'assoit sur le banc de pierre et installe les deux opposants face à lui sur des chaises de jardin.*

- Je vais vous lire l'histoire du jugement de Salomon. Je vais l'adapter pour que P'tit Paul comprenne.

*Des manifestations d'horreur pendant la lecture. Un soulagement pour clore un récit fort en émotions.*

- Vous avez droit de vous exprimer pendant une minute. Pas plus !
  Le temps de me donner votre raison, votre argument. Julien, tu commences.
- Je n'ai pas de raison... J'étais agacé, c'est tout ! J'ai quatorze ans : je connaissais cette histoire Papy.
- C'est bien de le reconnaître mon Julien.
- À toi Paul !
- Grégory ne peut venir que samedi...
- Court mais efficace ! J'ai donc décidé de couper l'après-midi en deux parties. Un heure et demie chacun !
- C'est trop court Papy pour jouer à plein de jeux avec le goûter en plus ! Tant pis ! Je laisse le samedi à Julien.
- J'ai compris Papy. Paul, tu peux prendre le samedi ; je savais pas pour Grégory.
- Mon jugement est un peu faussé maintenant, mais j'admire votre complaisance. Grégory aura encore gagné !

*Papy tend les bras vers ses deux p'tits fils qui ne se font pas prier pour le rejoindre sur le banc du jugement.*

# Que c'est beau la vie !

*La clochette restera muette cet après-midi, elle verra passer les visiteurs sans pouvoir s'exprimer. Le portail est ouvert pour faciliter le ratissage complet de l'allée gravillonnée.*

- Bonjour Monsieur Antoine, comment allez-vous ? Je suis surpris de vous voir ici à cette heure...
- Je sors de réunion et il m'arrive de passer dire un p'tit bonjour à mon père quand je passe à proximité. L'usine continue à tourner sans moi mais j'y suis souvent, vous savez !..
- Je m'en doute.
- Et vous ? Vous continuez à aider Papy ?
- Dès que je peux mais je veux pas qu'il me paie ! C'est trop bon d'être ici ! Je sais pas comment vous remercier tous. Je suis mieux. Grégory est mieux. Y a que la bourgeoise qui s'ennuie à l'autre bout de la ville.
- Vous travaillez un peu ?
- Oui mais ça dure pas longtemps. Faut que je trouve un vrai boulot pour récupérer la garde de Grégory. Pour être une vraie famille... J'ai pas connu ça, moi !
- Je vais saluer mon père et je reviens.
- OK !

*Antoine suit machinalement l'allée mais ce que vient de lui dire le père de Grégory le trouble un peu...*

- Ah te voilà ! Je t'entendais parler et je me demandais si tu allais pousser jusqu'ici.
- Papa, quand même !
- Des soucis Antoine ?
- Non non, la discussion avec … Comment s'appelle le père de Grégory ?

- Kevin Billard. Moi aussi, je suis ému par ce type qui est passé jusqu'alors à côté de la vie. Un quotidien fait de broutilles. Il a envie de rassembler toutes ces pièces de puzzle, de remonter la pente apparemment.
Tu veux un café mon fils ?
- C'est pas de refus et après je file.
- Appelle-le ! Faut qu'il fasse une pause.

*Papy va chercher les cafés et la boîte de gâteaux dans sa légendaire cuisine pour en revenir le sourire aux lèvres !*

- Une bonne nouvelle Papa ?
- Non non, une idée m'a traversé la tête. Une fulgurance comme on dit !
- Je viens d'apprendre un mot Papy Michel. C'est ça que j'aime bien quand je suis ici. De la gentillesse, de l'intelligence, de l'amour avec votre famille. C'est trop bon !..
Jamais j'aurais pensé être assis comme ça avec vous, comme des potes, comme … de la famille. J'ai pas connu ma famille, moi !.. Et vous me traitez comme si j'étais votre fils. On est assis là tous les trois...

*C'est Antoine qui se lève pour lui taper sur l'épaule.*

- Kevin, je ne vais pas vous dire que vous êtes de la famille car ce n'est pas le cas. Par contre, on va faire comme si...
- Suis fier de toi Antoine.
- Je n'ai pas fini Papa. J'ai réfléchi après la discussion de tout à l'heure. Mon père sait que je veux employer une personne supplémentaire dans mon entreprise pour l'entretien...
- Moi ?..
- Oui vous. On en avait parlé ensemble avec Papa. Je reconnais que j'hésitais !

- À cause de la prison ? Je comprends m'sieur Antoine. Suis habitué !
  Vous avez rien à craindre. Je vous assure !
- C'est vous qui avez les cartes en mains Kevin. Vous savez maintenant tout ce que vous pouvez perdre. Antoine vous offre sa confiance. Moi, il y a longtemps que c'est fait !
- Grégory !.. Le déménagement !.. Le boulot !.. C'est la bourgeoise qui va être contente...

*Kevin repart finir son ratissage de l'allée. Il faut qu'il soit beau ce chemin !*

- Papa, pourquoi tu souriais en sortant de ta cuisine ?
- Tu veux parler de ma fulgurance... Tu l'as incarnée à merveille mon fils !

"Pouvoir encore regarder
Pouvoir encore écouter
Et surtout pouvoir chanter
Que c'est beau, c'est beau la vie."


Jean Ferrat
C'est beau la vie

# Jeu de société

- Bonjour Sébastien ! Tu es venu tout seul ?
- Non Monsieur Papy, mon père m'a déposé au coin de la rue. Il était pressé. Il va venir vous dire bonjour tout à l'heure.
- Tu connais le chemin...

*Papy rumine en refermant le portail. Il est vraiment bizarre ce père : "Courage, fuyons !". Ensuite il va questionner son fils pour savoir s'il n'y a pas eu de débordement, si tout était nickel.*
*Un petit coup d'œil dans la grange pour voir si le petit groupe est bien installé et il s'en va rejoindre Kevin, assis sur le banc de pierre.*

- Alors, vous commencez quand votre travail à l'usine ?
- Lundi ! J'ai réussi l'examen.
- L'examen ?
- Je plaisante, l'entretien d'embauche. C'est qu'il a fait les choses sérieusement votre fils.
- Ne vous inquiétez pas, il est très "administratif" mais il a le cœur sur la main.
- J'ai vu. Il a dit qu'il était satisfait de tout ce que je savais faire. L'entretien, c'est pas le balayage. Il a déjà une boîte qui fait ça mais il avait besoin d'une personne polyvalente pour des petites interventions techniques. Il m'a proposé une formation.
- Je suis content pour vous Kevin.

*La porte de la grange s'ouvre brutalement et P'tit Paul déboule en courant.*

- Papy, on a un problème !
- Aïe, c'est grave ?
- Non, y'a des règles d'un jeu qu'on ne comprend pas.

– Bien, on est là dans trois minutes. J'ai un technicien avec moi !

– Papy Michel, à part la belote !..

*Arrivé auprès du groupe de joueurs, Kevin décide d'intervenir en grillant la politesse à Papy. Il observe le support et claironne qu'il connaît ce jeu sur le bout des doigts. Grégory se redresse sur sa chaise et regarde son père avec une crainte mal dissimulée.*
*Kevin prend beaucoup de précautions, essaie de parler le plus correctement possible. Il énonce les règles du jeu du "nain jaune" avec soin. Papy est heureux de voir son protégé prendre autant de plaisir. Ce bonhomme le surprend agréablement de jour en jour. Les différentes phases du jeu sont bien structurées. Le vocabulaire, quelquefois fleuri, ne semble pas troubler les enfants, bien au contraire. La crainte de Grégory a laissé place à une admiration sans limite.*

– Voilà ! Vous avez compris ?

– Oui m'sieur !!!

– J'ai tout compris. T'as bien expliqué Papa !

– Dis Grégory, ton père, il connaît beaucoup de jeux comme ça ?

– Oui P'tit Paul, on a une mallette avec plein de jeux dedans. Celui-là, je le connaissais pas. Je vais moins jouer à la console...

– T'as raison mon fils. Y'a plein de jeux dans la boîte...

– Je sais pas si mon père sait jouer à ce jeu !

– Mais si Sébastien, ton père, il travaille à la mairie. Il doit connaître plein de jeux...

– Pas sûr !

*Tout le monde se retourne pour savoir qui vient de dire ça. Le papa de Sébastien est entré sans que personne ne l'ait entendu.*

- Je suis ravi de voir que ça se passe très bien !
- Papa, pourquoi on ne joue jamais aux jeux de société à la maison ? Tu joues pas avec moi !
- Tu joues avec ta mère mais moi, je suis souvent à la mairie, tu comprends !
- Non ! T'es jamais là avec moi !

*Une fois n'est pas coutume, Papy porte secours à ce m'a-tu-vu qui perd sa superbe et se décompose sous l'assaut de son fils.*

- Vous avez encore un bon quart d'heure avant la pause les enfants. Profitez-en... Nous les grands, on prépare le goûter ! Allez, on se prend un café ?
- C'est pas de refus Papy Michel !
- Oui je veux bien monsieur Girard... Merci !
- On se met à l'intérieur car ça se rafraîchit !

*C'est la première fois depuis le malheureux incident que cet Adjoint au Maire entre dans la maison de Papy. Une gêne manifeste en passant devant le portrait de Mamie posé sur le meuble bas du salon.*

- J'ai entendu dire que vous déménageriez ?
- Oui Monsieur. Les conneries, c'est fini ! J'ai du boulot. On récupère Grégory et on déménage pour qu'il ne change pas d'école.
  Un travail pour ma bourgeoise et on est une famille comme les autres !
  Au fait, monsieur Chenet, vous savez que nos gamins sont devenus potes ?
- Je sais... et j'en suis ravi ! Demandez à Madame Billard de passer me voir lors de ma permanence à la mairie.

Fils tu es, père tu seras ;
ce que tu donnes tu recevras.

Citation de Miguel de Cervantès
Le petit-fils de Sancho Panza
(1613)

# Attention danger !

*Le groupe d'ados s'installent dans la grange. Papy rode un petit instant, accueillant les arrivants, échangeant quelques mots avec eux, le sourire aux lèvres. Julien était prévenu : il veut savoir qui met les pieds chez lui.*

- Papy, je te présente Lydia et Gildas. Ils sont frère et sœur.
- Le frère est venu pour surveiller sa p'tite frangine ?
  Faut pas t'inquiéter, ici, c'est cool et je suis là. Je monte la garde !
- Suis pas inquiet, elle est assez grande !
- Je vous laisse vous installer. Vous commencez par quel jeu ?
- Le poker m'sieur ! Je vais leur apprendre ce super jeu. J'ai l'habitude, je joue souvent sur internet.
- Tu as déjà gagné beaucoup d'argent ?
- Un peu car je débute mais je suis doué !
- Il ne faut pas être majeur ? Tu as quel âge ?
- Seize ans m'sieur. Je suis le plus âgé du groupe. Ils m'ont demandé de venir pour les aider au début. Comprendre les règles,.. etc.
- Julien, on s'est bien mis d'accord. Pas de jeu d'argent ici !
- Non Papy, je veille !

*Papy fait confiance à son Julien. Il ne l'a pas vu grandir... C'est la première fois qu'il voit son p'tit fils tenir une jeune fille par la main. Ça va trop vite...*
*Les rires fusent. Une bonne ambiance apparemment ! Il abandonne son poste de garde pour aller se réfugier dans sa cuisine. Le p'tit café de l'après-midi et la boîte à gâteaux de Mamie l'attendent. Il s'empare d'un album photos et commence à le feuilleter.*
*Les joueurs éliminés sortent, observent le jardin et retournent à l'intérieur. Tout est calme.*

*Il décide d'entrer discrètement pour prendre la température. Une odeur le surprend. Il aperçoit Gildas, à l'écart, fumant une cigarette.*

– Gildas, il faut que je te parle !
– Pas de problème m'sieur...

*Une fois sortis, Papy l'invite à s'asseoir.*

– Julien ne t'a pas dit qu'on ne fumait pas dans la grange ?
– Si m'sieur, mais j'en fumais qu'une seule. Je l'ai allumée machinalement...
– Écoute-moi bonhomme :
  Primo, je ne veux pas qu'on fume à l'intérieur. Ado comme adulte !
  Secundo, tu n'as pas respecté l'une des recommandations de Julien. Tu le mets dans une situation délicate.
  Tertio, soit tu éteins ton pétard que tu n'as pas acheté dans un bureau de tabac, soit tu sors dans la rue pour finir de t'intoxiquer !

*Gildas écrase son mégot par terre, le ramasse, s'assure qu'il est bien éteint avant de le mettre dans une poche.*

– Faut pas vous fâcher Monsieur Girard. C'est de l'herbe ! Fumer un joint ne rend pas toxicomane.
– Tu es en quelle année de médecine ?
– Suis en seconde... au lycée !
– Je n'ai pas envie de te faire la morale. Je te dis ça comme je l'aurais dit à n'importe quel ado. Tu es chez moi et tu te dois de respecter mes exigences. Tu auras le loisir de me traiter de vieux schnock, une fois parti !
– Non m'sieur !
– J'ai envie de te dire cependant que fumer du cannabis peut occasionner des troubles de la motivation, de la concentration

et de la mémoire, te mettant ainsi en difficulté scolaire. Je ne suis pas médecin, je peux me tromper.

– Je sais...

– Tu dois savoir aussi que c'est douloureux et angoissant pour les parents. Ils ont alors l'impression d'avoir raté quelque chose.

– Ils ne le savent pas !

– Tu m'inquiètes Gildas !

– Comment ça m'sieur ?

– Tu n'as que seize ans et tu es déjà accro au jeu et au cannabis...

Il ne manquerait plus que tu rallonges la liste...

– Comprends pas !

– Je pensais aux jeux vidéos.

– Je reconnais que j'y joue un peu !

– Un peu, beaucoup, passionnément, aveuglément,.. à la folie !

Ta sœur semble être la petite copine de Julien. Tu peux avoir une influence importante sur lui. Ne gâche pas tout !

J'espère qu'une chose Gildas...

– Quoi Monsieur Girard ?

– Que tu n'en proposeras jamais à Julien !

– Aucun problème, il a refusé !

Ne commettez pas d'imprudences
Surtout n'ayez pas l'imprudence
De vous faire foutre en l'air avant l'heure dite

Aux enfants de la chance
Serge Gainsbourg

# Amoureux

*P'tit Paul a un sourire malicieux en poussant le portail du jardin. Contrairement à son habitude, il a préparé sa question. Certainement même ses questions. Il traverse une période de grande interrogation.*

– Bonjour mon Papy.

– Je suis heureux de te voir P'tit Paul. Je pensais à toi justement.

– Ah bon ? Tu penses souvent à moi ?

– À vous tous, sans vouloir te blesser. Vous êtes ma vie. Tu ne peux pas savoir le plaisir que je ressens quand j'entends la clochette. Je crois qu'elle n'est là que pour ça !

– Dis Papy, pourquoi on est amoureux ?

– Je te parlais d'affection à laquelle on répond souvent par de la tendresse mais là, je pense que tu parles d'autre chose.

– Oui Papy ! J'ai posé la question à tout le monde à la maison et c'est jamais la même réponse.

– Et si je te la posais, on aurait une autre réponse !

– Moi, je sais pas trop. J'ai demandé à Juju parce qu'il a une copine en ce moment. Tu l'as vue Papy ?

– Oui bien sûr et qu'a-t-il répondu ?

– Que lui, c'était pas pareil que moi. Qu'il est un ado et moi un enfant.

– Il a raison. On est tous des êtres sexués. À l'adolescence, des envies, des besoins apparaissent et notre attitude change, évolue. Mais reviens à ta première question, celle qui t'intéresse, toi !

– Eh bien, tu sais que j'ai une amoureuse...

– La belle Louise ! Elle est très discrète cette petite fille. Elle a l'air gentille et réfléchie... Je t'ai coupé Paul.

– J'aimerais la prendre par la main et lui… faire un bisou

29

comme Julien. On est toujours ensemble à l'école. J'aime bien être avec elle. On a les mêmes goûts ! Tu crois Papy que je l'aime vraiment ?

– Je ne sais pas mon bonhomme et même si c'était le cas, il est très difficile de dire à quelqu'un qu'on l'aime. Même pour des adolescents parce que c'est un engagement. Comment l'autre va-t-il réagir ?
Dès l'instant où tu dis à quelqu'un que tu l'aimes, tu attends une réponse. Est-ce qu'il, ou elle, ne va pas se moquer de toi ?

– C'est compliqué !

– Ce sentiment est différent d'une personne à une autre et pour des enfants, on ne sait pas trop ! Certains disent que c'est déjà une… émotion très forte.

– Qu'est-ce que je fais alors ?

– Ce que tu as envie de faire, à condition de ne pas brusquer la personne qui ne t'est pas indifférente.
Tu peux lui en parler simplement en lui disant ce que tu ressens et sans la mettre « au pied du mur » ! Vous discutez souvent ensemble. Elle te connaît ; elle ne prendra pas ça pour une agression.

– Tu m'as dit un jour que tu avais connu Mamie à l'école, quand elle était petite.

– C'est vrai ! On était si différents et on se recherchait, comme toi avec Louise. Je ne peux pas te dire ce que je ressentais réellement à cet âge ! Tout ce que je sais, c'est que plus tard, c'est devenu quelque chose de très fort, de plus en plus fort...
Allez, on revient à toi. Tu sais Paul, si ça se trouve, elle s'interroge elle aussi. Tu peux lui en parler sans l'assaillir de questions !

– Tu as raison Papy ! Je vais lui parler sans lui poser de questions... ça va être dur !

– Viens mon bonhomme, j'ai découvert une vidéo sympa, il y a quelques années.

Nos deux complices s'installent dans la cuisine. Papy allume son ordinateur portable, se fait un café et propose une boisson à P'tit Paul.

L'amoureux, chanson d'amour rigolote
Grain de Sable, chanson française
https://www.youtube.com/watch?v=ur1QlB4Dfos

J'ai mis toute ma vie à savoir
dessiner comme un enfant.

Pablo Picasso

# Vous avez des questions ?

*Clochette accueille son P'tit Paul. Elle aime bien ce p'tit bonhomme toujours enjoué et souriant. Le ton de sa mélodie trahit une préférence qu'elle préfère garder secrète.*

- Bonjour mon Papy !
- Je t'attendais mon p'tit bonhomme. Et je commençais à fatiguer...
- On n'avait pas rendez-vous !..

*Papy Michel s'arrête pour s'éponger et faire les quelques mètres qui le séparent du banc de pierre. Il s'assied avec précaution en poussant un ouf de soulagement.*

- Non, on n'avait pas rendez-vous P'tit Paul mais je continuais le nettoyage du jardin jusqu'à ton arrivée. Tu me libères de cette tâche en quelque sorte.
- Tu as l'air fatigué Papy !
- Ne t'inquiète pas mon p'tit bonhomme. Le vieux chêne tient encore le coup.

*Papy retire sa chemise un court instant pour s'essuyer. La serviette de toilette l'attendait, toute propre, pliée au bout du banc. Quelle organisation !*

- Dis Papy, tu as toujours des poils sous les bras ?
  Tu parles d'une question... Bien entendu !
- Oui mais tu perds un tout petit peu tes cheveux alors je pensais que c'était pareil partout.
- Non pas exactement !..
- Oui parce que Julien, il a du poil qui pousse partout, lui.
- Ah, ça c'est autre chose !

On change tout le temps au cours de sa vie. Toi-même, tu as été un bébé et maintenant, tu es un enfant.

- Et après, je serai un adolescent comme Julien.
- C'est ton modèle Juju... et tu as raison : c'est un brave ado. Plus tard, tu deviendras un adulte...
- Comme Papa ! Je sais tout ça Papy...
- Quand un enfant devient adolescent, des poils apparaissent sous les bras et autour du zizi. C'est de cela que tu voulais parler ?
- Oui... Papy !
- C'est normal mon Paul ! C'est aussi le moment où, chez les garçons, la moustache et la barbe se mettent à pousser.
- Julien, il a pas encore de moustache !
- Ça va venir ! Les poils sont le signe qu'on devient adulte et qu'on va pouvoir bientôt fabriquer à son tour des bébés.
- Juju, il va pouvoir faire des bébés ?
- Oui bien sûr mais bien plus tard ! Il prendra tout son temps et en attendant, il devra faire attention.
- Faire attention à quoi Papy ?
- Tu le sais très bien mon bonhomme. Prendre des précautions pour ne pas agir maintenant comme un adulte et se retrouver à devoir gérer des situations délicates.
- Là, je comprends plus Papy !
- Je voulais simplement te dire que quand on choisit d'avoir un bébé, c'est un choix important à faire à deux. Un enfant, c'est ce p'tit bout de chou qui va te prendre une bonne part de ton temps. Tu l'accepteras car tu l'aimeras ce bébé.
Pour vivre ce moment formidable, il vaut mieux avoir fini ses études et être installé dans la vie.
- Là, j'ai compris Papy !
- J'ai moi aussi une question mon Paul !
- Tu crois que je vais pouvoir répondre ?
- Je pense que oui !

Tu avais préparé ta question bien à l'avance ?.. Tu voulais principalement me parler de ce sujet P'tit Paul ?

— Ben oui Papy !..

"Le paradis pour moi
est de voir grandir des gosses."

MC Solaar
Paradisiaque

# Émotion

*Un peu frais ce samedi, P'tit Paul n'est pas surpris de retrouver son papy à l'intérieur, lisant son journal dans le salon.*

– Bonjour mon Papy !
– Bonjour mon p'tit bonhomme. Qu'est-ce que tu m'annonces ? De bonnes nouvelles, j'espère...
– Oui, tout va bien Papy... avant Noël !
– Je te vois venir mon p'tit gars. Ce sera comme d'habitude. Une belle fête et quelques cadeaux raisonnables.
– Tu dis toujours ça Papy à Noël... Tu dis aussi que l'amour de ta famille est ton plus beau cadeau.
– Tu t'en souviens ?
– Oui, on en parle souvent à la maison. Papa raconte que tu n'avais pas de gros cadeaux. Une année, tu as eu seulement une orange. Que l'amour était le plus important !
– J'ai une chance inouïe avec mes p'tits fils moi !
– Dis Papy, pourquoi Grégory n'a jamais eu de grands-parents ?
– Je ne connais pas leur histoire. Je m'en doute car Kevin en parle un tout petit peu mais sans rentrer dans les détails...
    Et toi, tu sais quelque chose ?
– Pas beaucoup... Grégory dit que ses parents n'ont pas de parents !
– Il peut y avoir plusieurs raisons à cela, tu sais...
– Ce que je sais,.. c'est que le père de Grégory a dit une chose bizarre.
– P'tit Paul, quelque chose te gêne, explique-toi.
– Grégory m'a dit qu'on pourrait être comme des cousins...
– Continue mais je commence à comprendre !
– Son père a parlé d'adoption... et là, je comprends plus.
– Je vais te dire ce que m'a dit Kevin. C'était en rigolant ; "Si un jour, vous voulez m'adopter, je signe tout de suite !".

On ne dit jamais les choses au hasard P'tit Paul. La preuve !

- Mais, c'est pas possible Papy. Tu peux pas adopter le père de Grégory, il est trop grand !
- Si, c'est possible mon p'tit bonhomme. Je rechercherai les documents et on en reparlera si tu veux.

  Là, je crois que les parents de Grégory se sentent bien avec nous. Ils auraient aimé avoir une famille et la nôtre semble leur convenir.
- C'est super !.. Mais pourquoi tu pleures Papy ?

*P'tit Paul vient se blottir dans les bras de son grand-père ému. Il est très songeur. Tout revient en mémoire. C'était évident ! Il rode toujours par ici, s'investissant comme s'il faisait partie de la famille. Même Grégory est venu se réfugier dans la grange.*

- On se boit quelque chose Paul ?
- Si tu veux Papy. C'est rare quand tu m'appelles Paul, Papy !

*P'tit Paul accompagne son grand-père dans la cuisine. Ils s'installent autour de la table. Paul se sent grand et fort. C'est son papy le p'tit garçon.*

- Tu te rends compte Paul de la confiance que ces gens nous accordent ?
- Je crois qu'ils nous aiment beaucoup. Il y a longtemps que je le sais P'tit Papy.

*Le sage ne peut s'empêcher de sourire devant une telle assurance.*

# Il ne manquait plus que ça !

*Antoine découvre son père chantonnant dans son jardin. Les derniers outils rangés, il est temps de rentrer !*

– Bonjour Papa, comment vas-tu ?
– Ma foi, très bien. Pas trop de problèmes. Bientôt Noël. La famille réunie autour d'une bonne table. Tout va pour le mieux dans le meilleur des mondes !
– Je ne suis pas venu te parler de Voltaire mais de choses sérieuses.
– Un ton bien solennel mon fils. Un problème ?
– Non !.. Si, un petit car on peut le résoudre ensemble !
– Tu commences à m'inquiéter !
– C'est au sujet de Kevin Billard.
– Aïe ! Il a fait des bêtises ?
– Non pas du tout. Au boulot, il est irréprochable ! C'est plutôt ce qu'en dit Paul.
– J'ai vu P'tit Paul avant-hier et...
– Justement, vous auriez parlé d'adoption. Perso, je ne suis pas contre mais il peut y avoir quelques problèmes...
– Attention Antoine, je n'ai fait que répondre aux questions de P'tit Paul !
– Oui et vous allez faire des recherches... sur le net.

*Papy s'assoit sur le banc de pierre et réfléchit longuement. Antoine semble embarrassé. Aurait-il été maladroit ?*

– Viens mon fils, on rentre.

*Toujours sans rien dire, Papy s'affaire devant son évier.*

– Tu veux un café ou un whisky pour te donner du courage ?

- Un café Papa. Il ne faut pas le prendre mal mais j'ai pensé aux chamboulements affectifs dans la famille.
- C'est vrai que si cela se fait, ce sera un tremblement de terre.
- Je ne dramatisais pas à ce point Papa !
- Moi si Antoine . Crois-tu que je n'ai pas mesuré l'impact de cet événement qui ne resterait que symbolique d'ailleurs ?
- Je m'en doute mais tu n'as pas toutes les infos Papa !
- De quoi s'agit-il ?
- Depuis combien de temps n'as-tu pas vu Julien, ici ?
- Heu... Une quinzaine de jours. C'est vrai ! Et il me paraissait songeur les deux samedis soir.
  Tu as raison Antoine, je vous délaisse en ce moment. La tête ailleurs...
- Tu ne nous délaisses pas Papa mais tu es préoccupé par autre chose. Julien va mal en ce moment !
- Que lui arrive-t-il ?
- Il avait une copine et il s'est beaucoup investi dans cette relation. Il vit très mal cette rupture. Une amourette d'un mois, je ne comprends pas !
- Ces amourettes comme tu dis peuvent être très fortes à cet âge surtout quand l'ado est bien dans sa famille comme Julien.
  Je suis d'accord avec toi Antoine, parler de cette idée d'adoption serait une catastrophe !
  Qu'en pense Hélène ?
- Elle est très inquiète et elle m'a demandé de venir te voir. Pour que tu sois au courant et ... on a besoin de tes conseils !
- Super ! De coupable je passe à conseiller.
- C'est avec lui qu'il faudrait plaisanter Papa !
- Je suis agréablement surpris que tu te sois déplacé Antoine. On va s'en sortir, tu vas voir. Vos enfants ont de la chance d'avoir des parents comme vous !
  Il va falloir dédramatiser. Un autre café mon fils ?

- Oui merci...
- Ça ne me regarde pas mais … tu ne m'as pas dit pourquoi ils s'étaient séparés.
- On ne sait pas Papa. Il ne veut rien dire. Ses dernières notes au collège sont catastrophiques. On est inquiet Papa ! Tu n'as rien remarqué quand le groupe de jeunes est venu jouer au poker ?
- Je n'ai pas beaucoup vu cette jeune fille mais j'ai discuté avec son frère... et zut !

"L'adolescence est comme un cactus."

Anaïs Nin
Une espionne dans la maison de l'amour

# Explications

- Bonjour Papy ! Il paraît que tu veux me voir...
- Bien entendu mon Julien. Tu ne passes plus par ici. Tu me boudes ?
- Non Papy et tu le sais très bien !
- Ah ?..
- Bien sûr, je sais pourquoi tu veux me voir...
- Tu lis dans mes pensées maintenant ?
- Oui !
- Ça n'a pas l'air d'aller mon grand.
- Arrête Papy, je sais que tu vas me remonter les bretelles à cause de mes dernières notes.
- Je ne savais pas que tu connaissais cette expression...
- Tu n'arrêtes pas de la prononcer. À force...
- Là, tu vas te calmer Julien ! Tu frises le manque de respect. Stop ! Tu sais que je suis là pour t'aider !
- Je sais Papy. J'entends tout ce qu'on dit sur moi. Suis pas sourd ! Trois notes sous la moyenne et c'est la catastrophe !
- Tu sais que je suis là pour t'aider si tu n'as pas compris une notion en français ou en maths.
- J'ai tout compris Papy ! Que des oublis ou des fautes d'inattention. Oui, j'ai la tête ailleurs... Je ne vais pas mal mais j'ai mal ! Facile à comprendre, non ?

*Julien s'effondre sur un fauteuil du salon. Papy respecte le temps nécessaire pour que son grand reprenne ses esprits. Il a bien grandi son P'tit Juju, ses tracas ne sont plus les mêmes, les mots se doivent d'être choisis. Il adopte alors une attitude de compassion et de respect de cette douleur digne d'un adulte. Il se contente de poser sa main sur l'épaule de son Julien. La réaction ne se fait pas attendre : son grand s'empare de cette main tendue pour l'appliquer sur sa joue comme il le faisait quand il était petit.*

- Ça va passer Papy !
- Tu es costaud mon gamin...On se boit quelque chose ?
- Pas d'alcool, s'il te plaît !
- Une pointe d'humour pour prendre de la distance...
- Comme tu le fais Papy !

*Le sourire fait son apparition sur ces deux visages comme s'ils reprenaient vie.*
*Julien regarde son grand père, le fixe un instant et se lâche.*

- J'ai cassé avec ma copine !
- Je le sais. C'est toi qui l'a décidé ?
- Oui Papy ! J'ai failli faire une connerie...
- Mais tu ne l'as pas faite !
- Non, c'était du chantage... Je faisais comme eux ou je me barrais. C'est exactement les mots qu'elle a utilisés ! Je comprenais pas comment elle pouvait me dire ça. Son frère s'est approché de moi et m'a repoussé en disant que j'étais un gamin.
- Aïe !
- C'est lui qui a dit « aïe ». J'ai deux ans de moins que lui mais je suis plus fort, même plus grand. J'ai mis toutes mes forces dans le coup de poing. Il est tombé en arrière et ce lâche m'a traité de tous les noms mais n'a pas osé avancer. Il est parti avec sa sœur. Je la plains.
- Tout moi ça !
- Je suis sérieux Papy et tu plaisantes.
- Je ne devrais pas te dire cela Julien mais j'aurais fait pareil ! Tu le gardes pour toi bien entendu.
- Je sais garder des secrets, moi !
- Papy, j'ai envie d'écouter une chanson mais c'est moi qui

choisis le CD.
- Aucun problème !
- Vas-y Papy, installe-toi ; mets-toi à ton aise.

*Papy, toujours vigilant, regarde et aperçoit le CD élu. Il se doute du choix de la chanson. Les premières notes confirment ce qu'il pensait : « Manu » de Renaud.*

https://www.youtube.com/watch?v=9WTT08mnwC8

« Eh ! déconne pas Manu
C't'à moi qu'tu fais d'la peine
Une gonzesse de perdue
C'est dix copains qui r'viennent. »


Manu de Renaud

# Préparatifs de Noël

*Le week-end pointe son nez, Papy va avoir son habituel défilé. Il en est ravi même si, en ce moment, il ne semble pas dans son assiette. Par la fenêtre, il aperçoit Kevin ratissant l'allée. C'est sa lubie ! Il veut que le chemin pour aller chez papy soit nickel !*
*Il est souvent là en ce moment. À peine sorti de son travail, il se propose de nettoyer le jardin et ... il ne veut pas être payé. Il y tient. Papy Michel sort pour l'inviter à boire un café à l'intérieur.*

– C'est pas de refus Papy !

*Il entre dans la cuisine, un sac de courses à la main. Il le dépose dans un coin.*

– Faut pas que je l'oublie, c'est important ce qu'il y a dedans !
– Ah bon ?
– Oui, je fais des achats en ce moment pour Noël ! C'est drôlement cher... C'est à croire qu'ils augmentent les prix exprès !

*Papy sert les deux cafés et de manière surprenante, il ne sort pas la boîte à gâteaux de Mamie mais propose quelques biscuits secs dans une assiette.*

– Ah !.. Y'a plus de gâteaux, la boîte est vide ?
– Je sais plus trop. Quelquefois, je grignote ces petits biscuits ; ça me suffit !
– C'est très bien Papy... J'ai encore dit une c..., moi !
– Non non, je préfère quand on dit les choses Kevin !
– Moi aussi !
  Justement Papy, je sais que ça se fait pas mais je voulais vous montrer un cadeau avant Noël... des fois que ça vous plaise

pas !
- Je ne veux pas de cadeau Kevin. Tout ce que vous faites ici pour me faire plaisir, me suffit. C'est énorme comme cadeau !
- Oui, mais moi, je voulais marquer le coup !

*Kevin se lève pour aller chercher le fameux cadeau dans le sac de courses.*

- De toutes façons, on s'y est mis à deux avec la bourgeoise, maintenant qu'on travaille tous les deux !

*Il déballe le cadeau et le montre tout fier à Papy qui devient blanc !*

- Si ça vous plaît pas, je le change.
  Je voudrais pas dire mais c'est quand même mieux que celle de la cuisine, non ?
  Elle doit être vieille, il lui manque une aiguille !
- Moi, les pendules de cuisine, je mets du basique. Dans une telle atmosphère, il vaut mieux ne pas faire de frais !

*Papy se lève, fouille dans un des tiroirs et remet un bout de papier à Kevin.*

- Vous... vous le ... saviez ?
- Ben oui, c'est moi qui l'ai payée !
- Je suis désolé Papy mais on voulait quelque chose de beau pour vous.
- Elle est très belle, j'en conviens et je vais la mettre tout de suite. On ne va pas attendre Noël !

*Papy s'empare de la pendule et l'installe à la place de l'autre qu'il met dans le carton d'emballage.*

- Vous la verrez toutes les fois que vous viendrez ici car je ne vous chasse pas Kevin. Je vous apprécie comme vous êtes, même avec vos dérapages incompréhensibles !

J'espère qu'à chaque fois, vous regretterez votre geste idiot !

— Mais... mais ... comment ?..

— Ils vous ont vu échanger les deux pendules dans les emballages.

Je suis connu. Vous êtes connu et … apprécié dans le quartier. Le commerçant qui est un ancien élève, sait que vous êtes souvent ici. Il n'a rien dit pour ne pas faire de vagues. Il m'a téléphoné tout simplement.

J'ai réglé l'addition.

Vous allez pouvoir ratisser pendant des années !

*Kevin se prend la tête dans les mains et se met à chialer comme un gamin. Papy n'intervient pas et avant de sortir en laissant Kevin assis tout seul dans la cuisine :*

— Dis-moi la vérité Kevin !.. As-tu recommencé à voler ?

— Non Papy Michel... Que cette fois !.. C'était pour vous.

*Kevin est envahi par une émotion qui le submerge totalement. Il réalise que Papy vient de le tutoyer...*

"Personne ne peut m'offrir
de plus beau cadeau
que celui de me sentir aimée."

De Mercia Tweedale

# Sagesse

*Il fait froid cet après-midi quand P'tit Paul pousse le portail de l'entrée. La clochette émet un bruit étouffé comme si elle avait enfilé un bonnet de laine. Toujours joyeux mais quelque peu agité, le gamin pique un sprint jusqu'à la grange où Papy Michel s'affaire au milieu de cartons d'emballage.*

- Bonjour Papy !
- Bonjour mon gamin, tu as l'air bien excité...
- C'est bientôt Noël Papy !
- Ah oui !..
- Qu'est-ce que tu fais, là avec tous ces cartons ?
- Tu le vois bien... je suis en train d'installer un sapin de Noël.
- Dans la grange ?
- Oui cette année ce sera dans la grange.
- Un grand espace de fête et il sera là pour décorer, nous observer même...
- Dis Papy, à quoi ça sert qu'il soit là dans la grange ?
- Je viens de le dire, cette année vous viendrez chercher vos cadeaux ici ! Le 25 décembre au matin...
- Oui mais la nuit de Noël, tu es chez nous comme d'habitude ?
- Évidemment mais quand je rentrerai au petit matin, j'installerai tous les cadeaux autour du sapin. Vous aurez la journée de Noël pour venir les découvrir, les essayer même sur place.
- Mais Papy... tu sais bien qu'on les connaît les cadeaux.
- Je sais ! Ce n'est plus comme avant quand vous pensiez que le Père Noël existait, qu'il passait dans la nuit.
- Oh oui, je me souviens Papy ! Tu posais un verre de vin et trois petits gâteaux de Mamie sur la petite table juste à côté du sapin.
- Un jour, tu m'as demandé pourquoi je faisais ça.

51

– Je sais Papy... Je sais Papy, tu m'as dit que le Père Noël avait énormément de travail cette nuit-là et...

– Qu'un peu de réconfort lui ferait le plus grand bien pour affronter le froid. Comment as-tu deviné P'tit Paul ?

– Tu sais, on discute beaucoup avec les copains à l'école et c'est comme ça que j'ai appris ! Je ne voulais pas le croire au début, j'étais triste.

– On a tous vécu ça, P'tit Paul.

– Dis Papy, c'est pas un mensonge, ça ?

– Un tout petit et c'est tellement mignon. C'est une tradition ! On offre des cadeaux aux enfants... alors, on est excusé !

– Pourquoi on fait des cadeaux aux adultes si Noël c'est pour les enfants ?

– Tu as raison. Au début c'était pour les enfants et on en a fait une fête pour tout le monde. On offre un petit cadeau à la personne qu'on aime bien. Je pense sincèrement que c'est devenu une fête … commerciale.

– On sera combien pour le réveillon de Noël à la maison ?

– C'est à tes parents qu'il faut poser la question. C'est eux qui ont pris le relais maintenant.

– Oui je sais depuis le départ de Mamie... Dis Papy, et pour le réveillon de la Saint-Sylvestre, qu'est-ce qu'on fait ?

– Oh toi, tu as entendu parler tes parents !

– Oui mais j'écoute pas aux portes... J'ai entendu qu'ils disaient qu'ils étaient invités tous les deux chez des amis. Ils ont parlé de toi Papy, pour nous garder... Je suis rentré dans la chambre pour leur dire que moi, j'étais d'accord ! C'est super Papy !

– À part ça, tu n'écoutes pas aux portes !

– Ils ne parlaient pas tout bas Papy ; c'est pas un secret !

– Moi, je ne suis pas au courant...

– Mais tu es d'accord Papy !

– Si tu le dis. La grange est déjà décorée pour la fête ! L'idéal, c'est que vous dormiez...

- Oui !.. dans les chambres, au fond, là-bas !
- Une bonne idée P'tit Paul et je ne serai pas loin.
- Au fait Papy, qu'est-ce que tu vas avoir comme cadeau ?
- Je ne sais pas. Entre adultes, c'est souvent la surprise !
  Tu veux une petite boisson et quelques petits gâteaux P'tit Paul ?
- Oui Papy.
- Allez viens, on va à la cuisine. Avec tout ce charivari ici !

*Les deux complices se dirigent vers la cuisine en fredonnant une chanson de Noël. À peine entrés dans la cuisine, P'tit Paul tombe en arrêt devant la pendule.*

- Aïe ! C'est le cadeau que je ne voulais pas te montrer... j'ai tout faux !
  Tu vois Noël a déjà commencé pour moi !
- C'est qui Papy qui t'a offert ce cadeau ?
- On va dire que c'est moi je me suis fait un cadeau tout seul !
- Elle était vieille Papy... Il lui manquait une aiguille. Elle est drôlement belle cette pendule !
- J'avoue ! On appelle ça une folie. Un jour, je t'expliquerai son histoire.
  Je vais te dire une citation d'un auteur célèbre, P'tit Paul. Tu ne vas pas tout comprendre mais on en reparlera autant de fois que nécessaire. Un jour, tu comprendras, j'en suis sûr !

« *On ne reçoit pas la sagesse,*
*il faut la découvrir soi-même,*
*après un trajet que personne ne peut faire pour nous,*
*ne peut nous épargner.* »

*Marcel Proust*

# Tentation

*Clochette voit passer un extra-terrestre, silencieux, caché sous sa capuche. Elle se trémousse pour lui faire signe, le sortir de ses pensées mais rien n'y fait ! Elle espère que le sourire sera revenu au départ quand il repassera devant elle...*
*La silhouette déambule sur le chemin gravillonné fraîchement ratissé. Ce n'est pas la grande forme !*
*Papy Michel le remarque tout de suite. Il le connaît si bien son Juju. Il revoit son père au même âge. C'est la seule chose qui le rassure. Une grande maturité et une faculté incroyable pour digérer les difficultés. Il lui faudra du temps mais c'est du costaud...*

- Salut mon grand ! Oh, il ne fait pas beau sous la capuche !
- Bonjour Papy. Si si, ça va !
  Je venais te voir pour le réveillon de la Saint-Sylvestre...
- C'est ce qu'on appelle une entrée en matière rapide !
- Pourquoi tu dis ça Papy ? Je te dis la vérité... Les parents, ils m'ont demandé de voir ça avec toi... et tu en as parlé avec Paul.
- C'est vrai. Vos parents sortent pour ce réveillon et je me fais un plaisir de vous accueillir tous les deux. Mais ça, vous le savez déjà.

*Julien ne répond pas. Il fixe la grange, perdu dans ses pensées. Papy en profite pour aller chercher une boisson chaude car il fait de plus en plus frais en ce moment et Julien ne semble pas s'en rendre compte, immobile sur le banc.*
*Quand il revient avec son plateau, Julien n'a pas bougé d'un millimètre.*

- On va prendre quelque chose pour se réchauffer. T'as pas froid mon Julien ?
- Non, ça va !

– Tu la prends en photo à la fixer comme cela cette grange ? Quelque chose te dérange mon grand. Tu veux qu'on en parle ?.. Les grands-parents sont là pour cela, tu sais !

*Papy s'assoit à côté de Julien, lui passe le bras sur les épaules et le serre contre lui. Il y a bien longtemps qu'il n'a pas eu ce geste affectueux, plein de tendresse avec son grand. Après une petite résistance, Julien se laisse aller et fond en larmes...*

– C'est là que ça a commencé Papy... Tu te souviens, c'était quand les potes sont venus faire un poker.... Enfin les potes, sauf un !
– Je comprends...
– Ce que tu sais pas, c'est que ce c... est en train de "bousiller" sa p'tite sœur ! Elle le suit parce que c'est le grand frère mais lui, c'est un s.... !
– Elle a l'impression d'être grande, d'être libre en... fumant cette cochonnerie d'herbe !..

*Papy respecte l'émotion puis lâche ce qui le tourmente depuis qu'il a bien compris la situation.*

– Je t'en supplie mon Julien. Ne fais pas comme eux !
– J'ai voulu le faire Papy … parce que c'est le seul moyen de rentrer dans leur groupe et de l'approcher !
– Je comprends mais elle, qu'est-ce qu'elle en pense ? Est-ce que tu crois qu'elle a envie de te revoir ?
– Je sais pas ! Je l'ai croisée l'autre jour, elle... Je crois qu'elle avait envie de traverser la rue... elle s'est arrêtée et … elle est repartie. J'ai mal Papy !
– Je ne peux pas te donner de conseils mon grand. Chaque situation est différente. Par contre, je t'ai déjà dit ceci : « Si tu avais un pote qui vivait cette douloureuse situation, qu'est-ce que tu aurais envie de lui dire, pour l'aider bien sûr ?

- C'est difficile Papy !
- Je sais et pourtant, ça pourrait arriver.

*Julien réfléchit longuement. Papy sait très bien ce qu'il fait. Il n'est pas sûr que ça va marcher mais c'est le seul moyen qu'il a trouvé pour que Julien prenne un peu de distance.*

- Je sais pas... peut-être, aider sa copine à sortir de ce groupe où son frère fait la loi.
- Et quelle loi, un embrigadement inconditionnel. Un besoin de surpuissance. C'est lamentable et dangereux !
  Il a seize ans, je crois et que fait-il ? Il est au Lycée ?
- Non, il cherche du travail. Il dit que l'école, c'est nul ! Il disait qu'il était au lycée mais c'est faux !
- Comme tout le reste mon Julien !
- Je sais Papy !
- Viens on rentre.
- Merci Papy ! Ça fait du bien de parler.
- Les grands-parents sont là pour cela … et qu'est-ce que c'est bon pour eux. Ils ont l'impression de servir à quelque chose !

*C'est bras dessus, bras dessous, comme deux potes que ces deux complices entrent à l'intérieur pour se réchauffer.*

L'adolescence,
c'est le temps des confidences et des secrets,
et le temps des premières déceptions.

Citation de André Maurois

Sentiments et coutumes (1934)

# Mini conseil

*Clochette entrevoit une p'tite flèche pénétrer chez Papy. Le portail reste entrouvert après le passage de cette mini tornade. Les gravillons voltigent, le virage au bout de l'allée est difficilement négocié. Le perron est vite avalé. Papy est surpris, assis dans le salon, un peu rêveur, face à son café.*

- Papy, Papy, tu connais la nouvelle ?
- Ben non, mais ça ne va pas tarder !
- Grégory...
- Oui, Grégory,.. calme-toi et reprends ton souffle.
- Grégory, enfin, ses parents, ils vont déménager et Grégory, il va retourner tout le temps chez lui, avec ses parents. C'est super !
- C'était prévu mon Paul.
- Oui mais ils déménagent pour habiter tout près de l'école, il va pas changer d'école !
- C'est vrai que c'est une bonne nouvelle.
- Il reste plus que l'adoption ... Il a un grand-père et c'est une famille comme les autres !..
- Tu vas un peu vite en besogne...
- C'est pas moi qui le dis, c'est Grégory !
  Dis Papy, tu m'as dit qu'on chercherait sur internet pour l'adoption et bien...
- C'est vrai ! Tu veux qu'on le fasse maintenant ?
- Pas la peine Papy, je l'ai fait avec Papa.
- Pardon ? Heureusement que je suis assis... et qu'avez-vous trouvé ?
- Plein de renseignements. Je ne savais pas qu'on pouvait adopter un adulte...
- Je te l'avais dit.

- Oui, je sais mais je le savais pas avant... avant tout ça.
- Je comprends... J'ai pas le décodeur mais je comprends ! Et qu'en penses-tu ?
- Papa m'a bien expliqué... mais je n'ai pas tout compris. C'est une adoption mais pas une vraie.
- Disons que ce n'est pas une adoption plénière...
- C'est ça !.. mais c'est ça que j'ai pas compris.
- Dans une adoption plénière, on efface l'état civil de la personne adoptée et on réécrit les textes comme si elle était un enfant légitime. J'essaie de faire simple.
- Comme Louise alors !
- Probablement car je ne connais pas l'histoire de cette charmante petite fille.
- Mais alors, ça sert à quoi pour le papa de Grégory ?
- L'essentiel mon p'tit bonhomme. Une reconnaissance. L'impression d'avoir une famille. Des liens affectifs qui te sécurisent et te structurent.
- Tu veux dire que le papa de Grégory, il ne va plus se fâcher avec la maman et qu'il ne va plus voler... Et qu'il va plus retourner en prison.
- Probablement P'tit Paul. Disons qu'il aura envie de rester sur le bon chemin puisqu'il en a désormais un.
  Faut quand même rester vigilant car la vie nous réserve toujours des surprises.
- Alors c'est quand que tu l'adoptes Kevin ?
- Dans mon cœur, c'est déjà fait !.. Après ce ne sont que des démarches administratives.
- Oui mais il faut leur dire... ils attendent !
- Tu as raison mon Paul. Il faut en parler d'abord à Julien. Tu ne crois pas ?
- Je peux lui en parler si tu veux Papy...
- Non, non, laisse-moi faire. Je vais y aller en douceur.
- Tu as raison Papy mais... il est déjà au courant, tu sais !

– Je m'en doute. Les murs ont des oreilles comme on dit. Je crois même savoir qu'il attend qu'on lui en parle vraiment, qu'on lui fasse la demande, qu'on lui prouve que son avis compte...
On va le faire avec ton père. Promis !

*Le p'tit bout de chou, ce condensé d'émotions et de sensibilité, se jette sans retenue dans les bras de son papy, renversant au passage le café.*

– T'inquiète P'tit Paul, il était froid. On va se faire une p'tite collation pour fêter tout ça. Hein mon Paul ?
– Oui, avec les gâteaux de Mamy... enfin de Maman !

*Papy se lève et allume son ordi qui semblait attendre sur la table basse du salon. Il a échappé à la tornade « P'tit Paul ». Quand il revient avec son plateau, il clique sur un lien et s'assoit à côté de son p'tit bonhomme.*

« Souviens-toi » de Florent Pagny

Souviens-toi
Qui tu es, d'où tu viens, où tu vas
Quelque soit le chemins sous tes pas
De choisir l'amour, quand il viendra
Tout arrive si vite

«Souviens-Toi»
Florent Pagny

# Conseil de famille

*Juju se découvre en laissant glisser sa capuche. Il est souriant et détendu. Clochette le remarque immédiatement. « Il est bien dommage de cacher un si beau visage ! » se dit-elle en voyant passer ce grand Girard.*
*Le portail franchi, il prend le temps de regarder et de contempler un jardin qu'il connaît si bien.*
*Cette attitude n'échappe pas au vieux sage qui esquisse un sourire de satisfaction.*

- Content de te voir mon Juju !
- Moi aussi Papy. Il fait doux aujourd'hui. On peut rester dehors ?
- Aucun problème ! Je finis le nettoyage et je suis à toi.
- Kevin ne vient plus pour ramasser ces feuilles mortes ?
- Si mais il est très occupé avec son futur appartement. Il veut le repeindre, le décorer. C'est important pour eux !
- C'est sûr !
- J'ai suivi ça de loin mais je suis au courant de leur histoire.
- Tu t'es mis sur « Radio P'tit Paul » ?
- Exactement ! Très bon Papy !
- Et que disaient les dernières infos ?
- La météo annonçait le passage d'une éclaircie. Ils lui ont donné un nom. « Antoine », je crois. Ils ont même précisé qu'elle serait de courte durée.

*Des pas dans l'allée... Les deux complices se regardent et échangent un sourire de connivence.*

- Salut vous deux !
- On s'est déjà vus Papa ! Il y a deux heures .
- C'est vrai ! Alors on complote avec son Papy ?

– Pas du tout Antoine, on parlait justement de toi avec Julien.
– Papa, tu sais pourquoi je suis là.
– À mon avis, t'es pressé mon Antoine !
– Non, j'ai un moment mais pas toute l'après-midi.
– Le temps de boire un café tout de même ?
– Oui, je veux bien.
– Julien, comme d'hab ?
– Oui Papy !

*Papy Michel se lève pour aller chercher son plateau qui l'attendait dans la cuisine. Tout est prêt ! Belle préméditation. Antoine et son fils restés seuls en profitent.*

– Tu sais Julien pourquoi papy m'a demandé de passer ?
– Bien sûr Papa !..
– Voilà ! Deux cafés et un chocolat chaud !
– Comment Julien, tu sais pourquoi Papy nous a réunis tous les trois ?
– Bien sûr Papa ! Vous parlez de ça depuis plusieurs jours. Je sais même que vous aviez peur que je le prenne mal.
J'ai compris que Kevin n'avait jamais connu ses parents. Qu'il a été abandonné à la naissance et qu'il n'a pas pu être adopté. Tu sais Papy pourquoi ?
– Oui je sais qu'on ne peut pas adopter un enfant quand il n'est pas abandonné définitivement. Il suffit d'un petit mot de la famille et l'enfant grandit en foyer jusqu'à dix-huit ans, l'âge de la majorité.
– C'est exactement ça Papa. Kevin s'est confié un jour après sa journée de travail...
– C'est trop dur ! Comment on peut faire si mal aux enfants ? Je peux pas le croire !
– Si mon Julien et il m'a appris ce soir-là que son épouse a vécu la même chose. C'est au foyer qu'ils se sont connus.

- Dis Papy, j'ai compris que tu voulais adopter Kevin pour qu'il ait une famille...
- Oui et on voulait t'en parler avec ton père.
- Vas-y Papy, il faut le faire !
  Et toi Papa, tu vas avoir un frère.

*Papy Michel et Antoine se regardent. Une larme coule sur le visage buriné du grand-père. Antoine l'imite très peu de temps après. Julien ne comprend plus...*

- Oh, je comprends plus moi !
- Ton père a eu un frère mais sa vie fut très courte.
- Je ne savais pas Papa !..
- Non et on aurait dû te le dire !

*Papy est le premier à réagir. Il s'approche et enlace son fils et son p'tit fils. Il les serre très fort entre ses bras encore puissants!*

- Ça ne change rien ! On va les aider ces trois-là !
- Oui Papa !
- Oui Papy !

« La vie, le malheur, l'isolement,
l'abandon, la pauvreté, sont
des champs de bataille
qui ont leurs héros ; héros obscurs
plus grands parfois que les héros illustres. »

Victor Hugo
Les Misérables

# Tu as raison, c'est facile !

*Clochette sourit. À l'exception de Papy Michel, Kevin était la personne qu'elle voyait le plus souvent. Un brin de toilette quand il venait ratisser l'allée, était son petit plaisir qui se faisait rare ces derniers temps.*

– Tiens, un revenant !
– Je sais Papy Michel mais je suis très occupé à tout installer dans la maison.
– Je vous comprends ; un emménagement, c'est du boulot ! Pas besoin d'un coup de main ?
– Non Papy, merci. Je m'en sors pas trop mal. J'ai un problème...
– De mathématique ?
– Non Papy. Il me faudrait... J'ai des choses à fixer au mur...
– Il vous faut une perceuse, c'est ça ?
– Oui, mais je n'osais pas...
– Aucun problème ! Vous savez où est le matériel. Servez-vous. Vous le remettrez en place quand les travaux seront finis !
– Vous pouvez en être sûr !
  Tout va être OK pour Noël. C'est grâce à vous, tout ça !
– Oh, je ne suis pas le seul !
– Je sais Papy Michel. C'est toute votre famille ! Je le disais à la bourgeoise hier soir : « On joue au loto, on gagne jamais et là, on joue pas et bingo ; on a le gros lot ! ».
– Faut pas exagérer !
– Si Papy ! J'en voulais à la terre entière d'avoir été abandonné. J'avais pas envie de vivre. Pourquoi vivre comme ça ? On avançait au jour le jour. On faisait des conneries. Grégory était mal. On nous a enlevé le p'tit. On était nuls !
– Vous vous rendez pas compte Papy. Là, on travaille tous les deux. On va pouvoir avoir une maison, en location mais

bon... C'est pour ça qu'il faut tout arranger...

– Oui, aménager votre nid en quelque sorte ! Tu as raison Kevin, pense à ta famille. Tu es un bon chef de famille désormais. Viens, suis-moi.

*Papy prend la direction de sa cuisine. Kevin le suit, entre et son regard s'arrête inévitablement devant la pendule. Papy s'approche et le prend par le cou.*

– Si tu veux me faire un cadeau Kevin, je veux bien une pendule mais la moins chère du magasin.
– Et celle-là Papy ?
– Ce n'est pas une pendule de cuisine. Elle est trop belle pour flirter avec les vapeurs et les odeurs. C'est moi qui l'ai payée, je vous l'offre pour mettre chez vous. Tu as la perceuse, tu en profites pour l'accrocher au mur. Choisis bien l'endroit. À chaque fois que tu passeras devant, tu penseras à moi.
– Promis Papy !.. Depuis tout à l'heure, vous me tutoyez...
– Ça te dérange Kevin. C'est vrai que j'aurais dû t'en parler avant.
– Non Papy ! Ça me fait plaisir... Je rêve... Je vais me réveiller !
– N'exagère pas !
– Je crois Papy Michel que vous vous rendez pas compte de ce qu'on vit tous les trois en ce moment. Pour vous, c'est naturel mais pour nous, ça fait bizarre !
Je vous l'ai dit... quand on galère... qu'on a rien... on a la haine ! On n'a pas sa place dans la société. On se débrouille pour rester vivant. Vous savez pas tout ça Papy !..
– Tu as raison de dire que c'est facile de donner, d'avoir bonne conscience, quelquefois même de le faire savoir. On a cette possibilité. On ne subit pas. On a le loisir de le faire ou pas. On a le beau rôle. Tu as raison Kevin !
– Je me sauve Papy. J'ai du boulot dans le poulailler. Pas le poulailler Kevin, le nid !

# Énigme

*Clochette est très belle avec son nœud rouge mais elle est muette aujourd'hui. Papy Michel a déposé sur l'autre pilier du portail un Père Noël qui chante volontiers sa rengaine à tue-tête. P'tit Paul ne s'en lasse pas. Un arrêt devant ce personnage mythique est indispensable avant de piquer son sprint habituel vers la maison de son grand-père.*

- Bonjour mon Papy. T'es réveillé ?
- Bien sûr mon p'tit bonhomme. Ce n'est pas un réveillon et un repas de Noël qui vont me mettre à plat. Bien au contraire, tant d'amour autour de la table m'a requinqué pour un an !
- Papa, lui, quand il est parti ce matin, il a dit qu'il avait la tête à l'envers !
- Tu l'as vu partir ?
- Ben oui !
- Il ne devait pas être en avance. Lui qui part aux aurores...
- C'est moi qui étais en avance. Je me suis levé de bonne heure pour jouer avec tout ce que j'ai eu cette année mais Maman m'a renvoyé au lit.
- Faut reprendre le rythme mais t'inquiète... Un autre réveillon pointe son nez. Et celui-là, vous m'en direz des nouvelles !
- Oui, je sais. C'est ici, tous les trois avec Juju. On va pas s'ennuyer Papy ?
- Non mon P'tit Paul. Tout est prévu... et il y aura une … sur … prise !
- Dis Papy, c'est quoi la surprise ?
- Non mon p'tit filou, tu ne le sauras pas !
- C'est pas un mensonge, ça ?
- Une surprise, te dis-je !
- Juju, il est au courant ?
- Que nenni !

- Comprends pas cette langue Papy !
- C'est du français mon brave !
- Est-ce que cette surprise va me faire plaisir ?
- Certainement !
- Est-ce que c'est... encore un... cadeau ?
- En quelque sorte, oui !
- Dis-moi Papy ! J'aime bien les devinettes mais pas celle-là !
- Ce n'est pas une devinette mais une surprise !
- C'est quoi la différence ?
- Dans une devinette, on demande de deviner, de trouver une explication, une réponse. Eh bien là , non ! La surprise sera « déballée » le soir même.
- Je sens que je vais pas bien dormir. Et tu sais mon p'tit Papy adoré que quand je dors pas bien, je fais des cauchemars !
- Chantage !
- Non, c'est vrai, je t'assure...
- Tu ne m'auras pas comme ça !
- Tu aimes les énigmes Papy ?
- C'est vrai que j'aime bien... surtout quand je trouve la solution !

*P'tit Paul réfléchit. Il en connaît des tas. Lui aussi, il aime les casse-tête. Un sourire malicieux illumine son visage.*

- J'en ai une Papy. Là, tu trouves pas... Tu peux pas trouver !
- Il va falloir parler un peu mieux mon gamin.
- Qu'est-ce que j'ai fait de mal ?
- Ce que tu n'as pas fait plutôt. Aucune négation correcte dans tes phrases...
- Arrête Papy, tu m'embrouilles... Sais plus maintenant.
- Là, il manque le sujet du verbe !
- Je te préviens, c'est pas du français mais des maths. Si tu perds, tu me dis la surprise.

- Va pour les maths !
- Donne-moi un nombre entre 1 et 9 !
- Compris ?
- Mais c'est toi qui dois comprendre Papy. Moi je te dis l'énigme.
- Je voulais dire le « 1 » et le « 9 », compris ?
- Ah, j'ai compris Papy... Euh !.. Juju, il me l'a pas dit !..
- Parce que c'est une énigme de Julien ?
- Ben oui !
- On n'est pas sorti de l'auberge !..

*Papy fait semblant de réfléchir car il connaît cette énigme. C'est lui qui a piégé son p'tit fils. Que faire ? Être honnête et décevoir P'tit Paul qui est là, planté devant son grand-père, fier, attendant une réponse qui sera automatiquement fausse...*

- 7, mais c'est au hasard !
- 8, t'as perdu !
- Je me suis fait avoir !.. Mais si je t'avais dit 9 ?
- J'aurais dit au hasard 3 ! Je t'ai pas dit la règle avant de jouer Papy.
- Compris ! Et toi, tu inventes une règle, celle qui te convient après le jeu.
- Ben oui... T'as perdu Papy ! Alors la surprise, c'est quoi ?
- Quelle serait la plus belle des surprises pour toi lors de cette p'tite fête, pour le réveillon de la Saint-Sylvestre ?
  On va écouter de la musique et on va rire, c'est sûr ! On va jouer. J'ai des jeux de société à 6 participants... tellement ils sont intéressants ?
- On est que tr... J'ai trouvé Papy ! Oh merci mon P'tit Papy ! Il est au courant Grégory ?
- Je ne sais pas. Tu peux l'appeler si tu v…

*Papy Michel n'a pas le temps de finir sa phrase que son p'tit bonhomme est déjà devant le téléphone.*

- Allô ! Bonjour madame, c'est P'tit Paul ! Je peux parler à Grégory ?

# Merci !

*Après la belle mélodie de Clochette et le claquement du portail, c'est le crissement sourd de pas sur le gravier qui fait dresser l'oreille d'un papy impatient comme le serait un p'tit gamin soucieux de montrer son dernier jouet à ses copains.*
*Tout est prêt ! Les lumières multicolores accompagnent la famille au complet vers la grange qui semble les attendre. Un père Noël chanteur les accueille avec un « Merry Christmas ! »*

- Dis Papy, on est plus à Noël, c'est le réveillon de la Saint-Sylvestre !
- Tout d'abord, bonsoir tout le monde. Je sais bien mais j'ai sorti toutes les décorations stockées depuis des années. J'avais envie de couleurs, de lumières, que ça chante !
- Bonsoir Papa. J'ai bien envie de rester là. C'est super beau.
- J'avais prévu... Ce soir, c'est la fête !
- C'est vrai que c'est joliment décoré Papy Michel. Beaucoup de chaleur. C'est comme toujours très agréable !
- Merci Hélène. Vous savez que votre place à tous les deux n'est pas là. Vous avez bien mérité une soirée en amoureux ! Tiens Julien, tu n'es pas venu seul !
- Si Papy ! Pourquoi tu dis ça ?.. Ah, j'ai compris ! Je finis et je coupe mon téléphone. Promis !
- Je ne t'en demande pas tant mais reste avec nous le plus possible.
  Allez, sauvez-vous. Je gère.

*Après avoir embrassé leurs deux gamins, Hélène et Antoine quittent avec regret leur petite famille. C'est la première fois qu'ils ne seront pas ensemble pour les douze coups de minuit. Ils croisent rapidement Grégory et ses parents.*

- C'est dans la grange. Ils vous attendent... Nous, nous se sauvons !
- Merci Monsieur Antoine. Bonne soirée !

*Cindy Billard est très impressionnée. Kevin et Grégory, l'incitent à avancer en la rassurant. Elle ne connaît personne et c'est très craintive qu'elle entre entourée de ses deux hommes. P'tit Paul est le premier à les apercevoir et se précipite pour les accueillir. Il fait la bise aux trois arrivants comme s'il les connaissait de longue date, comme s'ils étaient des membres de sa famille.*
*Cette familiarité surprend Cindy.*

- On vous attendait ! Enchanté Madame Billard.
- Bonjour Monsieur Girard...
- Excusez-la Papy Michel mais elle est un peu timide quand elle ne connaît pas !
- C'est tout à fait normal. Venez vous asseoir. Mettez-vous comme vous le voulez. Ici, pas de manières !

*Les trois gamins sont déjà occupés par les jeux. Cindy se colle contre Kevin comme pour chercher un réconfort. Papy met une musique d'ambiance et sert l'apéritif de bienvenue. Kevin lance la discussion sur les petits travaux d'entretien qu'il fait chez Papy et en profite pour le remercier.*

- Merci Papy ! On le disait encore hier soir. C'est un rêve, on va se réveiller... Il y a une semaine Papy, c'est la première fois qu'on passait un réveillon en étant si heureux, comme tout le monde. Cindy a fait un repas de Noël. Je ne savais pas qu'elle savait cuisiner comme ça. Une pintade aux marrons. Une dinde pour trois, c'était trop !
- Je … je savais pas moi-même. Je suis allée sur internet et j'ai trouvé une recette. C'est vrai que c'était bon. Moi aussi, je voulais vous dire merci. Mon Grégory, il était heureux,

souriant comme je l'ai jamais vu.

– Je suis heureux pour vous. Le hasard ! Quelquefois, il ne faut pas grand chose, un événement favorable et tout se met en place...

– Moi, je le connais le hasard, le truc favorable, hein Cindy ? Ce qui s'est passé, c'est quand Grégory, il est arrivé dans cette super école. Et tout de suite, votre p'tit bonhomme là-bas, il a pris Grégory en sympathie, après y'a eu vous Papy, après Monsieur Antoine qui m'a embauché.

– Et moi, la Mairie qui m'a trouvé du travail !

– Vous faites un film avec tout ce qui s'est passé, là, pour nous... eh bien, les spectateurs, y sortent de la salle de cinéma en disant que ça peut pas arriver ! C'est magique !

– Je ne crois pas à la magie. Un concours de circonstances comme on dit.

– Vous avez raison Papy et quelquefois, c'est l'inverse. Rien de bon. Tout est négatif. Jamais un truc positif pour vous accrocher. C'est la galère et on dégringole … comme on a dégringolé tous les trois!

– Moi,, j'ai promis qu'on allait s'amuser et rire ce soir. Allez on passe à table !

*Tout ce beau monde s'installe et c'est alors que Cindy se lève pour tendre une enveloppe à Papy Michel. Ce petit paquet contient un CD de Serge Lama.*

– C'est de la part de Kevin... non, de notre part à tous les deux et c'est la chanson n°3.

” Mon ami, mon maître ” de Serge Lama

C'est mon ami et c'est mon maître
C'est mon maître et c'est mon ami
Dès que je l'ai vu apparaître
J'ai tout d'suit' su que c'était lui
Lui qui allait m'apprendre à être
Ce que modestement je suis. »

Mon ami, mon maître
Serge Lama

# Identification

*P'tit Paul franchit le portail sans beaucoup de conviction. Ses gestes sont mécaniques. Il ne semble pas dans son assiette.*

- Bonjour Papy...
- Oh, ça ne va pas mon P'tit Paul ?
- Si Papy mais les vacances sont terminées !
- Ah ça mon bonhomme, il me semble te l'avoir déjà dit, pour qu'il y ait des vacances, il faut aussi du travail, l'école, les études...
- Je sais Papy mais j'ai l'impression que Noël, c'était hier.
- Ce qui m'inquiète, c'est que d'habitude, tu es toujours pressé de reprendre. Un problème ? Ta maîtresse ?
- Non, ça va mieux Papy, tu sais bien mais c'est pas comme avec Monsieur Chotard. Il n'est plus dans l'école. Il est parti où ?
- Dans une autre école et il est en formation pour se spécialiser.
- Comme toi ? Tu étais spécialisé, Papy ?
- Oui, et je suis parti aussi en formation mais c'était plus long à mon époque, toute une année !
- Mais le maître,.. enfin celui que j'avais avant, il a voulu faire comme toi !
- Je ne sais pas...
- C'est comme moi, je voudrais lui ressembler. Être tout comme lui, avec des gros muscles !
- Oh, je sais ! Tu es venu presque tous les jours pendant les vacances. Tu faisais un dessin par jour. Hier, tu as fait...

*Papy part à la recherche des dessins stockés dans la malle.*

- Tiens, tu as fait celui-ci ! Qui as-tu dessiné ?
- Mon maître !

- Ce n'est pas une maîtresse que tu as cette année ?
- Monsieur Chotard, de l'année dernière. Arrête Papy ! Tu le fais exprès. Je vais pas me dessiner en dame.
- Tu t'es donc dessiné. Tu es drôlement musclé. Tu pratiques quel sport mon P'tit Paul ?
- Puisque je te dis que c'est mon ancien instituteur… en train de faire du ju-jitsu !
- C'est très réussi mon P'tit Paul. Le kimono est super bien dessiné.
- Papy !.. On dit pas kimono mais judogi !
- Ah bon ! Comment tu sais tout cela ?
- Tu sais que Juju, il fait du ju-jitsu, non ?
  Eh bien, j'ai envie de faire aussi du ju-jitsu comme Juju.
- Oui mais j'attrape le tournis avec tous ces termes techniques. Qui as-tu dessiné finalement ?
- Ben, le maître !
- Moi je me fais un café... Tu veux quelque chose ?
- Un chocolat chaud s'il te plaît Papy.

*En préparant la collation, Papy allume son ordinateur portable. Ils se retrouvent côte à côte devant un écran sur lequel défilent kimonos, judogi, judokas, ou autre ju-jitsu. C'est Paul qui est aux manettes. Il est très à l'aise. Les pages s'ouvrent et se ferment à une vitesse vertigineuse. Papy n'arrive plus à suivre...*

- Tu vois, c'est pas compliqué Papy !
- Tu en es où avec tes tables de multiplication, P'tit Paul ?
- Oups !..

# Parenthèse

- Tiens Julien !.. C'est rare de te voir en semaine. Tu veux quelque chose mon bonhomme ?
- Oui Papy . J'ai un problème de maths et personne pour m'aider. Papa n'est pas là, c'est pas un scoop et Maman aide Paul. De toute façon, je crois qu'elle serait dépassée...
- Tu as donc pensé à ton vieux grand-père.
- Dis pas ça Papy. T'es pas vieux, tu tiens encore la route comme tu dis.
- C'est une expression... On reste dans la cuisine, si ça ne te dérange pas.
- Pas de problème !.. Tu ne vas plus à l'étage ?
- Non, j'ai tout ce qu'il me faut au rez-de-chaussée. Les radiateurs en haut sont au minimum. Quand vous venez le week-end, on va souvent dans la grange donc pour elle, je mets le chauffage à partir de samedi. Tout le monde aime bien la grange. Une vraie salle polyvalente !
On s'y met ? C'est pas un problème de radiateurs ton problème ?
- Non de moyennes.
- C'est pas l'énigme de l'autre jour ?
- Non, c'est du sérieux. On travaille sur les stats.
- C'est vieux mais ça devrait revenir si j'ai toute ma tête.
- Dis pas ça Papy !.. Si tu as besoin d'aide, je peux venir m'installer quelque temps avec toi. Tu as de la place ici !
- Non mon Julien. Toi, par contre, tu as besoin de prendre un peu de distance avec ton cocon familial. Ça se comprend mais je ne peux l'accepter... qu'en période de vacances ou occasionnellement.
- Ah bon ?
- Tu imagines ta p'tite famille éparpillée, morcelée ? Il faut garder cette cohésion mon Julien. Tu peux venir quand tu

veux et ça me fera un plaisir énorme... surtout si tu as besoin d'aide en maths.
Allez, montre-moi ça !

*Papy lit le problème, se gratte la tête...*

- Je ne comprends pas...
- Comment, toi, tu ne comprends pas ?
- De mon temps... non, il ne faut pas dire ça !.. Avant... ce n'est pas mieux !.. Si j'avais à résoudre ce problème, j'essaierais de comprendre la situation puis d'ordonner mon raisonnement et donc les différentes opérations. Là, on te demande, apparemment de choisir parmi plusieurs formules que tu dois apprendre par cœur et d'appliquer celle qui correspond à la situation donnée !
- C'est ça Papy ! C'est l'étude d'une série statistique !
- Tiens une feuille, tu le fais de ton côté et moi du mien. Chacun avec sa méthode.
- OK, pas de problème Papy. Go !

*Julien s'active et finit avant son grand-père.*

- J'ai fini, je t'ai battu Papy !
- De peu mais je suis content de t'avoir aidé mon Julien !
- Tu te moques Papy ! Je ne sais pas mais tout se brouillait dans ma tête. Je ne comprends pas...
- Tu as bien fait mon gamin. C'est un bon réflexe de prendre de la distance, de parler d'autre chose, ne serait-ce qu'un court instant. Je suis là pour cela.
- Je sais Papy.
- Je suppose que tu avais fini ton travail pour demain avant de venir.
- Il me reste que ce dernier problème à recopier.

– OK !.. Je vais peut-être me mêler de ce qui ne me regarde pas...
Tu revois... comment elle s'appelle... avec son frère... ils sont venus pour jouer au poker.

– Lydia ?.. Oui Papy.

– Fais attention à toi et... je suis là ! Compris ?

– Je sais. T'es trop Papy !

"La tristesse vient de la solitude du cœur."

Montesquieu

# Amour ou amitié

*Clochette a droit à sa petite caresse mais P'tit Paul, le sourire un peu coincé, franchit le portail en traînant les pieds comme le ferait un ado qu'il n'est pas encore.*

- Bonjour Papy !
- Aïe, un problème ?
- Un tout petit, Papy... finalement ça m'est égal, j'ai mes copains !
- Un problème de couple ?
- Ben non, c'était ma copine mais c'est fini !..
- Tu le dis toi-même, c'était ta copine. Amour ou amitié, c'est quelquefois difficile...
  Comme disent les jeunes, je viens de me prendre un vent.

*Papy Michel abandonne pour l'instant car P'tit Paul ne semble pas avoir envie de s'épancher bien qu'il prenne la direction du salon pour s'installer face au fauteuil de son grand-père. La discussion s'établit d'une pièce à l'autre sans qu'ils ne puissent se voir.*

- Une boisson chaude ou froide Paul ?
- Un chocolat Papy...
- Chaud ou froid ?
- Chaud, tu le sais bien avec les p'tits gâteaux. T'es long Papy !
- Les gâteaux dans la boîte ou sur une assiette ?
- Dans la boîte, c'est mieux !
- C'est prêt ! Tu peux servir !
- Qu'est-ce que tu racontes Papy ? D'habitude, tu apportes le plateau tout seul.

*Papy arrive dans le salon, les mains vides, s'assoit dans son fauteuil et croise les bras.*

– Le plateau a deux poignées, une pour chaque main. Fais attention aux tasses. J'y tiens !
– Pourquoi tu fais ça Papy ?
– J'ai eu l'impression que tu te faisais servir. J'ai donc inversé les rôles.

*Paul revient de la cuisine au ralenti. Les tasses dansent sur le plateau mais arrivent entières jusqu'à la table basse. Les deux complices avalent une gorgée.*

– Dis Papy, c'est comment l'amour ?
– Précise car c'est un peu vague... tu veux parler du sentiment ?
– Oui parce qu'avec Louise, c'est plus comme avant.
– Ah ! La routine. Que s'est-il passé ?
– Ben, y'a une nouvelle qui est arrivée. Louise, elle est toujours avec elle. Elles discutent beaucoup toutes les deux et moi, elle me répond à peine.
– Comme toi avec Grégory !
– Avec Sébastien aussi. On s'entend bien tous les trois maintenant.
– Elle est avec sa copine et toi avec tes potes. Un couple moderne, quoi !
– Tu te moques Papy !
– Oui, un tout petit peu ! Rassure-toi les sentiments, on les ressent en toutes circonstances. À ton âge, quand on est toujours avec la même personne, à un moment donné, il faut élargir le groupe, le cercle d'amis. Tu l'as fait de ton côté, elle peut le faire du sien.
– Les adultes, c'est pareil alors ?
– Bien sûr !
– Oui mais après, ils divorcent !
– Tu m'inquiètes mon Paul. Tu tournes en rond depuis ton

arrivée. Tu peux me dire ce qui te gêne, si tu le veux.

– J'ai peur Papy ! Louise, ses parents, ils vont divorcer et les parents de la nouvelle, ils ont déjà divorcé. C'est pour ça qu'elle est placée chez Angélique et Cédric.

– On ne place pas les enfants quand les parents divorcent... à moins que la séparation des parents pose un très gros problème.

– T'es sûr Papy ?

– Bien sûr ! Mais... pourquoi tu as peur, toi ?

– Parce que Papa, il est toujours absent et Maman, elle sort avec des copines pour se changer les idées, elle a dit !

*Papy prend son p'tit bonhomme dans ses bras pour le réconforter et le rassurer.*

– Tu peux pas aller les voir ?

– Pour leur dire quoi Paul ?

– Pour les rouspéter...

– Tu plaisantes ?

– Papa, c'est ton fils...

– Oui, bien sûr !

– Quand les enfants font des bêtises, les parents les grondent, non ?

– Impossible mais je te promets d'être vigilant... sans me mêler de ce qui ne me regarde pas. Tes parents sont des adultes responsables. Ton père travaille beaucoup. Tu es déjà allé le voir, il me semble.

– Oui, mais il était occupé... en réunion, je crois. Maman, pourquoi elle sort avec des copines ?

– Ta mère s'investit énormément dans son entreprise. Voir d'autres personnes lui permet de souffler un peu.

– Oui mais toi alors, tu souffles jamais. T'es toujours là quand on a besoin de toi.

- J'ai également travaillé P'tit Paul. Là, je me repose et je suis si content quand quelqu'un vient me rendre visite. Tous les travaux que j'ai faits, c'est pour cela. Pour qu'on se sente bien chez moi.
- Oui mais il y en a qui vont au « Café du coin » pour discuter et jouer aux cartes. Pourquoi tu vas pas jouer avec les personnes de ton âge ?
- Et tu viendrais me chercher ?.. Non, je suis bien, ici!.. Tellement de souvenirs !.. Je vous attends...
- Pourquoi tu pleures Papy ?

# Apparences

*Clochette ruisselante accueille avec un très léger tintement ses deux visiteurs habituels. Sous une pluie battante, ils courent vers la cuisine de Papy.*

- Bonjour mon P'tit Papy !
- Bonjour Papy.
- Bonjour mes p'tits- enfants préférés. Cache ton enthousiasme Julien...
- On est obligatoirement tes préférés... tu n'as que deux p'tits-fils !
- T'as raison mon Julien mais mon accueil se voulait chaleureux, lui.
- Désolé Papy. Je ne voulais pas être désagréable...
- Pas grave mon Juju, je te connais par cœur. C'est sympa d'être venus tous les deux. Un problème ?
- Non mon Papy. J'ai demandé à Juju si je pouvais venir avec lui et il a dit oui.
- Que voulez-vous faire ?
- Discuter Papy. On en a parlé avec Paul et on pense la même chose.
- On va se prendre un goûter et après... ou pendant, peu importe, on discute ensemble.

*Papy Michel diffère ce moment de vérité pour y réfléchir auparavant. Il se remémore les derniers échanges avec ses petits-fils...*

- Cuisine ou salon mes gamins ?
- Qu'est-ce que tu en penses Paul ?
- Je préfère le salon. On est mieux assis.
- Tu parles d'un argument frérot !

87

*Papy dépose le plateau sur la table basse. Il n'a pas oublié la boîte à gâteaux de Mamie. Les gamins y sont sensibles. Il a besoin de son soutien car il s'attend à aborder un sujet délicat.*

– Tiens, votre mère a pris du retard. La boîte est presque vide !
– Je vais lui dire d'en refaire Papy !
– Justement Papy, on voulait te parler de Maman...
– Oui, nous, on en a parlé avec Juju.
– Papy, on l'a vue avec Paul !..
– Qu'avez-vous vu ?
– Maman, elle était partie prendre un pot avec ses copines comme elle le fait depuis... un mois, je crois.
– C'est un monsieur qui l'a ramenée en voiture !
– Vous en êtes sûrs ?
– On a regardé par la fenêtre quand on a entendu un bruit de moteur et on a vu Maman sortir d'une voiture.
– Même qu'elle a fait un signe au monsieur qui était au volant. Hein, Juju ?
– Votre mère a une voiture. Elle n'était pas partie à pied.
– Oui mais elle était en révision. C'est Papa qui l'avait amenée à son travail. Il avait même déposé Paul à son école.
– Pourquoi c'est pas une copine qui l'a ramenée ? C'est ce qu'on se disait avec Juju.
– C'est grave ce que vous faites les enfants. Aucune preuve sur ce que vous dites. Je ne peux pas le croire.
Connaissant votre mère, si c'était le cas, elle aurait pris toutes les précautions pour ne pas vous choquer.
Dans la vie tout est possible mais là, vous allez vite en besogne.
Vous savez ce qu'il faut faire mes gamins ?
– Non Papy. C'est pour ça qu'on t'en parle avec Juju.
– Bien ! Tout d'abord, oubliez tous les doutes, les idées

saugrenues. Ne gardez en tête que ce que vous avez réellement vu. Êtes-vous capables d'en parler à votre mère sans la juger, en attendant sa version ?

- Oui Papy. C'était ce que je voulais faire mais Paul insistait. Il m'a mis une pression folle avec l'histoire du divorce des parents de sa copine.
- Le divorce n'est pas une maladie contagieuse même si on en voit de plus en plus. N'accusez jamais sans preuve, c'est trop grave !
- OK Papy ! Viens Paul, on rentre et surtout, tu me laisses parler.
- D'accord Juju ! Tu veux pas qu'on en parle avant ?
- Non ! T'es incorrigible P'tit Paul. Laisse-moi faire...
- Si tu veux, c'est toi le plus grand ! Merci mon Papy.
- Merci Papy. On a bien fait de venir te voir !
- Il n'est pas bon mon goûter ? La prochaine fois, je proposerai un quignon de pain et un fond de pot de confiture. Je garderai les gaufres, j'adore ça !
- Heu... Désolé Papy !
- Moi aussi, j'aime les gaufres !

*Papy Michel réchauffe le chocolat et les trois complices se retrouvent, sourire aux lèvres, autour de la table.*

- On a failli faire une bêtise avec Juju.
- Certainement !

"En amour, qui doute accuse."

Alexandre Dumas

# Tout s'explique !

*« Antoine aussi souriant, c'est rare ! » se dit Clochette en voyant passer cet homme toujours pressé. Il prend même le temps de récupérer une paire de gants de jardinage que Papy Michel a oublié de ranger.*

- Bonjour Papa, j'ai trouvé ça dans l'allée !
- Bonjour mon fils. Merci. Je me disais bien qu'il me manquait quelque chose en rangeant mon matériel. Ce n'est pas beau de vieillir, tu sais !
- Ne dis pas ça Papa, tu ne le penses pas réellement !
- Tu joues au psychologue maintenant. Ça fait plaisir !
- Pourquoi ?
- Cela prouve que tu peux voir ce qui se passe autour de toi. La tête dans le guidon, ce n'est pas très bon. Il faut savoir faire des pauses pour savourer ce qui t'entoure.
- Tu ne serais pas en train de mettre en place une transition vers la raison de mon passage ?
- C'est vrai que tu es psychologue !
- Bon Papa. Les gamins ont suivi tes conseils pour dire à Hélène ce qui les dérangeait.
- Je crains le pire !
- Non, elle a trouvé ça adorable. Tu imagines Paul mettre trois paires de gants comme tu le lui avais probablement conseillé.
- Je croyais que c'était Julien qui devait poser la question.
- Disons que Julien commençait les phrases et Paul les finissait.
- Je vois ça !
- Elle leur a expliqué ce qui s'était réellement passé puis m'en a parlé. Elle voulait venir te voir mais j'ai préféré le faire...
- Tu m'as privé d'une charmante visite !
- Je suppose que tu veux savoir la vérité ?

- Si ça peut vous aider...
- Tu ne vas pas être le seul à ne pas savoir ! Un vrai scénario de film ou une nouvelle à chute, au choix !
- Si tu commençais par la chute, on gagnerait du temps, non ?
- OK mais c'est dommage pour le suspense. Le conducteur, c'était moi !
- Il me manque des éléments, là ! Tu étais au volant d'une autre voiture ?
- Ben oui, dans l'aveuglement, ils n'ont vu qu'Hélène sortir d'une voiture inconnue. J'ai eu un ennui avec ma voiture dans la journée. Je suis passé au garage. Ils m'en ont prêté une pour la journée car j'avais des déplacements prévus.
- Je commence à comprendre.
- En fin d'après-midi, j'ai reçu un appel d'Hélène qui m'informait qu'elle restait prendre un pot avec des collègues non loin de son travail. Je suis donc passé la récupérer pour la déposer à la maison avant d'aller chercher ma voiture au garage.
- Tout le monde est ainsi rassuré.
- Oui et je prends conscience avec cette mésaventure que je ne suis pas assez présent. Hélène gère tout à la maison. Les gamins sont fragilisés.
- Et toi aussi, non ?
- Je vais être honnête Papa, oui ! Je ne comprends pas pourquoi, depuis quelque temps, Hélène éprouve le besoin de tarder à rentrer. Elle se repose sur Julien qui garde son frère...
- C'est le seul élément qui m'a marqué dans le récit des gamins.
- Tu vois !.. Oh, je sais ce que tu vas me conseiller de faire...
- Pas nécessaire de mettre trois paires de gants pour en discuter avec elle. Invite-la au resto un soir. Moi, je garde les gamins.
- Samedi soir, ça te va ?
- C'est le moment où je retrouve toute la famille autour de la table mais c'est pour la bonne cause. Pas de problème pour

demain soir. On l'a déjà fait avec Julien et Paul.

– C'est vrai pour le réveillon de la Saint Sylvestre.

– Exactement. Je suis content de les avoir, de vous voir. Je n'attends que ça, tu sais. Pourquoi crois-tu que j'ai fait tous ces travaux. Ils ont leur chambre et moi, je monte la garde dans le convertible. Vous êtes, là, chez vous mais n'oublie pas mon fils de préserver votre cellule familiale.

– J'en ai pris conscience Papa !.. Je file mais... pour rentrer plus tôt !

"Une femme qu'on aime
est toute une famille."

Victor Hugo
Les Tables tournantes de Jersey

# Sacré bonhomme !

*Il fait beau en ce début janvier. Papy Michel ratisse son allée gravillonnée. Il entend P'tit Paul chanter au loin. Il ne lui en faut pas plus pour lui mettre du baume au cœur. Il le dit lui-même, ses deux petits-fils sont une récompense.*

– Ben Papy, c'est toi qui ratisses ? C'est pas Kevin qui le fait d'habitude ?
– Bonjour mon gamin. Tu as l'air en forme, à peine arrivé et déjà deux questions !
– Tu sais pourquoi je suis content ?
– Non ! Je devrais le savoir ?
– Ben oui !
– Heu !.. Tu as eu de bonnes notes ?
– Oui mais c'est pas ça !
– Pas facile, tu me prends de court... Tu t'es rabiboché avec ta copine Louise ?
– Je me suis quoi ?..
– Rabiboché ! Cela veut dire « réconcilier »...
– Non !.. Dis Papy, tu le fais exprès ?
– Tu sais, je perds la tête en vieillissant. Je ne sais pas moi... Vous faites une sortie avec Grégory demain ?
– C'est pas vrai que tu as oublié Papy !
– Oublié quoi mon gamin ?..

*P'tit Paul part comme une flèche en direction de la grange. Va directement à la cachette, là où la clé séjourne, attendant patiemment des visiteurs éventuels, s'empare du sésame et ouvre la grange. Les deux chambres sont prêtes. Les lits ont été faits depuis peu de temps. Il y fait bon et une odeur fraîche et parfumée embaume les lieux. Il est évident que Papy Michel attend de la visite. Il ne pourra pas le nier.*

*Dans la grande pièce de vie, la table est déjà mise et sur une desserte une pile de jeux de société attend les challengers.*

*Sans demander la moindre autorisation, il ouvre le coffre, prend une feuille, une pochette de feutres et s'installe sur la table basse dans un espace que Papy a voulu convivial et polyvalent. P'tit Paul veut marquer son territoire, c'est manifeste !*

*Papy a le temps de ranger son matériel, de se faire un brin de toilette avant de rejoindre son P'tit Paul.*

– Fais comme chez toi mon bonhomme !
– C'est toi Papy qui dis toujours qu'on est chez nous ici !
– Tu as raison mon Paul !
– Tu plaisantes toujours... Et des fois, on sait pas si c'est vrai.
– Pour une fois où c'était moi qui posais les questions, j'en ai profité !
– Mais j'ai eu peur Papy. Avec juju, on est super contents de venir ce soir. Papa et Maman, ils sont super heureux de sortir en amoureux. Tout le monde est content !
– Tu ne m'as pas demandé mon avis ?
– Et toi mon p'tit Papy d'amour, t'es content aussi ?
– Tu veux vraiment savoir ?
– Ben oui !..
– Je ne sais pas si tu vas bien comprendre P'tit Paul mais je n'attends que ça !

*P'tit Paul s'approche de son grand-père qui s'accroupit pour accueillir cette boule d'émotions.*

– Tu t'ennuies des fois Papy ?
– Pas souvent !

# Soirée pizza 1

*Papy Michel regarde sans cesse sa montre. Tout est prêt ! Tout a été pensé, que de l'inédit ! La famille au complet débarque enfin... Tout le monde court. Les tourtereaux sont en retard mais très souriants. Les deux gamins sont pressés et c'est eux qui congédient les parents coupables.*

- Vous allez être en retard au restaurant. Pas besoin de recommandations. On est tous grands, même Papy !
- Merci de le reconnaître Julien !
- Bon, on vous laisse alors. Merci Papa !
- Merci Papy Michel !
- Allez, sauvez-vous, je gère !
- On commence par quoi Papy ?
- Tu es pressé P'tit Paul. Je te comprends car le programme est dense. On va donc commencer tout de suite car le coucher ne doit pas être tardif.
- Maman a déposé les consignes. On s'en doutait avec Paul.
- Venez voir !
  Là, un fond de pizza avec une couche de sauce tomate et quelques aromates. Autour, des bols avec divers ingrédients : dés de jambon, petits fruits de mer, rondelles de tomates, fromages, olives, emmental râpé et crevettes que je vous conseille de déposer sur le dessus de votre arrangement.
- C'est nous qui faisons notre pizza ? C'est une super idée Papy !
- Ben oui Juju. J'avais compris moi... Mais elle est où notre part Papy ?

*Papy tend une petite cuillère à Julien.*

- Tiens mon grand, tu traces sans appuyer les différentes parts.

On est trois ! Ensuite, chacun de nous compose sa partie de pizza comme il le désire en prenant les ingrédients dans les bols. On enfourne et pendant les vingt-cinq minutes de cuisson, on peut commencer un jeu sur la table basse. Cela vous convient-il braves invités ?

*Les deux frères se précipitent pour la préparation de leur part de pizza. Des éclats de rire, de la joie, des bousculades. Tout nouveau tout beau ! Assez rapidement, trois « C'est fini ! »*

- J'ai jamais mangé de pizza comme ça, moi ! On adore les pizzas. Hein Juju ?
- Non, c'est vrai ! Tu as trouvé l'idée sur le net Papy ?
- Non mon grand. Je l'ai inventée. Je vous l'offre, si vous voulez publier l'idée sur le net, vous avez mon autorisation. Allez, aux jeux !

*Les deux filent vers le fond de la grange pour en choisir un. Papy enfourne le chef-d'œuvre. On reconnaît aisément la part de P'tit Paul. Une montagne avec une crevette au sommet. Tout dans la mesure !*

- Je connais pas celui-là et toi Juju ?
- Moi si et c'est génial. Tu te souviens Papy ?
- Ah « Pique Plume »... j'ai pris une raclée la dernière fois !

*P'tit Paul ouvre le jeu.*

- Ben, elles sont où les poules ?
- Regarde Paul, je t'explique. Tu ne m'arrêtes pas dans mes explications. Attends la fin pour poser tes questions.
- OK !

*Papy observe. Julien a pris tout en main. C'est très clair. Il accompagne les consignes de gestes et de mimiques très appropriés.*

- J'ai tout compris ! C'est comme le jeu de mémory. Facile !
- Exact mon bonhomme. Julien, tu es un champion, bravo !

*Julien place les trois poules avec leurs plumes sur le circuit. Vérifie une dernière fois et donne le départ.*

"Le but de la société
n'est-il pas de procurer
à chacun le bien-être ?"

Honoré de Balzac

# Mémory

*Le jeu commence et très rapidement P'tit Paul étonne les plus grands par une mémoire phénoménale et une chance inouïe.*

- Là, c'est de la chance ! Faut que tu le reconnaisses Paul !
- C'est vrai mais pas toujours. Papy, quand on réussit, on continue... ça veut dire que peut-être, vers la fin, on peut jouer, rattraper et éliminer les autres, en jouant tout le temps !
- C'est exactement ça. Il joint le geste à la parole en plus. Aïe, plus qu'une plume !
- T'inquiète Papy, moi c'est presque pareil !.. Non Papy, il ne s'arrête plus. Jamais vu ça ! Zut ! Une seule plume !
- Là, il va s'arrêter, c'est obligé !.. Eh non !.. Bon, suis éliminé ! Je vais en profiter pour vérifier la pizza.

*C'est cuit ! Papy installe tout, découpe les trois parts et les sert dans les assiettes. Une salade pour accompagner. C'est parfait !*
*Le jeu s'est terminé et P'tit Paul a remporté la partie. Tous se retrouvent autour de la table. Julien, le champion en titre, est un peu vexé.*

- Je n'ai jamais vu une telle chance !
- Oui mais j'ai bien joué !
- Il faut le reconnaître Julien. La combinaison des deux a fait que, vers la fin, on ne pouvait plus l'arrêter.
- Ta pizza est trop bonne Papy, hein Julien ?
- Je te remercie de m'appeler par mon prénom. Je t'avais déjà dit que je ne voulais plus qu'on m'appelle Juju !

*Le repas se finit dans le calme. Les sourires puis les rires reviennent progressivement. Un temps libre avant d'aller se brosser les dents pour le coucher. Une surprise attend les deux frères.*

- Dis Papy, tu nous lis une histoire ?
- Non Paul, on est grand maintenant !
- Je peux vous proposer un récit comme on le faisait avec Mamie dans la même situation quand votre père était au lit. Il était légèrement plus jeune que P'tit Paul actuellement.
- Oh oui !!!
- Là, je suis d'accord !

*Non sans émotion, Papy raconte qu'à l'époque, ils s'asseyaient, côte à côte, par terre avec Mamie, dans le noir, Antoine était bien blotti dans son lit. Ils improvisaient un récit. Rien n'avait été préparé à l'avance. C'est le premier qui parlait, qui choisissait le thème, le début de l'histoire.*
*À un moment donné, le narrateur passait le relais à l'autre en lui touchant le bras. Il fallait alors imaginer la suite. Ce n'était pas toujours évident. Il lui reste quelques récits en tête. Il y pense quelquefois.*

- Que voulez-vous, une histoire que j'ai en mémoire ou on en invente une, ensemble ?
- On en invente une ! T'es d'accord Juju ?
- Si tu veux !
- Au fait Papy, je t'ai pas dit que je partais en classe verte au mois de mai ?
- Paul, on raconte une histoire là... t'es relou !
  Comment on fait pour se passer le relais Papy. C'est pas facile !
- Je règle mon téléphone et à chaque bip, on se passe le relais. Qui commence ?
- Moi moi moi !
- Bon OK Paul, on ne va pas refuser tes demandes tout le temps. D'accord Julien ?

- OK !
- Bien, vous êtes bien couchés ?
- Oui Papy !
- Attention, j'éteins la lumière ! Aucune peur du noir ?
- Non Papy !

« Un pour tous, tous pour un »

D'origine latine, l'expression a été popularisée
par les Trois Mousquetaires d'Alexandre Dumas.
Elle met en valeur la vertu de solidarité,
pour renforcer les liens d'une équipe,
qui ne fait ainsi qu'un.

# Papy raconte

*Quelques plaisanteries fusent et P'tit Paul commence.*

- C'est une classe qui prépare son voyage en classe verte...
- Non ! On t'a dit non !
- Tu es incorrigible mon p'tit bonhomme !
- Chut !.. Tous les élèves aident le maître à préparer les bagages. Il y en a beaucoup car ils vont très loin...dans la forêt équatoriale. Ils remplissent un grand coffre avec le matériel. Ils emportent même de la peinture, des feuilles de dessin. Heureusement qu'ils partent en avion car il y a plein de valises, de cartons, de paquets et ce grand coffre.

*Bip! Bip ! Julien prend spontanément le relais.*

- Ils sont en train de survoler la forêt vierge quand un incident survient...
- Non, t'as pas le droit !
- Il a la liberté totale. C'est lui qui a la parole et l'initiative...
- Chut ! Une vibration, un choc et tout redevient normal. L'hôtesse de l'air vient expliquer que la porte de la soute à bagages s'est entrouverte un court instant et qu'une grosse malle est tombée. Le pilote a réussi à refermer la porte et aucun autre bagage n'est tombé. Un moindre mal !

*Bip! Bip ! Papy prend naturellement le relais.*

- L'avion qui était anormalement bas, reprend de l'altitude et le voyage se termine pas si loin, dans de bonnes conditions. La classe s'installe dans des locaux rudimentaires mais les élèves sont ravis car il découvre une région du monde pratiquement inexploitée.

Non loin de là, la malle a atterri dans un lieu fréquenté par plein d'animaux surpris que cet engin soit tombé du ciel. Légèrement éventré, on devine son contenu...

*Bip! Bip ! P'tit Paul reprend le relais. Il a plein d'idées.*

– Des singes s'approchent et passent leurs pattes par les trous. Ils sortent des tubes de peinture et des pinceaux. Des petits et des gros.
Ils commencent à jouer ensemble. Des girafes passent par là. Ils les bombardent de peinture. Elles se retrouvent avec des taches marron un peu partout sur le corps. Un léopard s'arrête. Il trouve ça marrant.
Il est obligé de se sauver car les singes lui envoient de la peinture. Comme les girafes, il se retrouve avec des taches.

*Bip! Bip ! Julien est ravi que son tour arrive enfin. Il n'aura pas assez de temps pour passer en revue tous les animaux sauvages.*

– Dans le groupe de singes, l'un d'eux se découvre des dons de peintre. Les tigres et les zèbres ont droit à leurs rayures devenues si célèbres.
Tous les animaux s'y mettent et une grande bataille de jets de peinture a lieu dans cette partie de la jungle.
Plus tard, les hommes feront de même et créeront le « Paintball » sans savoir que bien avant eux, dans la forêt vierge...

*Bip! Bip ! Papy a lui aussi de belles idées mais le temps presse. Il se contente d'une conclusion !*

– Aucun animal n'a osé envoyer de la peinture en direction du lion qui s'est arrêté pour admirer la scène. Le roi des animaux garde sa robe intacte.

Tous les éléphants d'un troupeau se retrouvent peints en gris. Un seul d'entre eux, tombé dans les pattes d'un artiste original, se retrouve tatoué à vie avec plein de couleurs vives, des carrés énigmatiques dont on connaît désormais l'origine. On apprendra plus tard que cet éléphant s'appelle Elmer....

*Bip ! Bip !*

- — C'est fini les enfants.
- — Non Papy !
- — J'avais plein d'autres idées !
- — On fera une suite, promis ! Allez bonne nuit les enfants. J'éteins !
- — C'est déjà éteint !

*Grand rire collectif. Papy referme la porte, range tout le matériel, fait sa vaisselle. Il ouvre enfin son convertible pour s'y allonger, heureux comme un gamin.*

« Il y a des bêtises que j'ai faites,
uniquement pour avoir
le plaisir de les raconter. »

Sacha Guitry

# Un visiteur

*Une odeur de café mêlée à celle du chocolat chaud chatouille les narines des deux p'tits bonshommes encore assoupis. Les yeux s'entrouvrent et se referment lentement. Un sourire se dessine sur le visage de P'tit Paul. Il est trop bien pour amorcer le moindre geste. Des effluves de pain grillé et de viennoiserie ont raison du sommeil de Julien. Ça sent trop bon !*
*Les deux frères, au radar, quittent leur chambre pour s'installer autour de la table que Papy a soigneusement dressée.*

– Encore dans le brouillard mes gamins. Bien dormi ?
– Oui Papy. Je voulais pas bouger dans mon lit mais j'ai entendu Julien.
– Tu m'étonnes ! Quand j'ai senti les croissants...
– Connaisseur mon Julien. Je suis allé au pain et j'en ai profité. Ils étaient là tout dorés, ils m'ont dit : « Allez Michel, tu sais qu'ils nous adorent ! ».
– Julien, toujours pas de café ?
– Non Papy, ça viendra peut-être !

*P'tit Paul semble avoir entendu du bruit à l'extérieur. Il se lève et regarde par la fenêtre.*

– Dis Papy, tu sais qu'il y a un chien dans le jardin ?
– Oui, il m'a suivi depuis la boulangerie. J'ai laissé le portail entrouvert pour qu'il puisse repartir.

*Les trois complices s'agglutinent devant l'ouverture pour admirer ce beau petit chien qui ne semble pas être bien vieux.*

– Tu lui ouvres la porte Papy !
– Oh oui, j'adore les chiens mais les parents, ils n'en veulent

pas...

– Avoir un animal domestique demande un peu de temps. Il faut s'en occuper, le sortir, le promener. Vos parents courent sans cesse. Vous le savez bien !
Ça refroidit ! On peut discuter en grignotant. Allez, on va s'asseoir !

– Dis Papy, tu vas le garder ?

– Pour pouvoir le garder P'tit Paul, il faudrait s'assurer qu'il n'appartienne à personne. Tu imagines la douleur de ses propriétaires.

– J'ai lu Papy que les chiens ne se perdent pas sauf s'ils sont très loin de chez eux, quand ils ont perdu la trace. Le reportage disait qu'ils sont capables de faire des dizaines de kilomètres pour retrouver leurs maîtres.

– Tu as raison mon Julien. Certains parlent de plusieurs centaines de kilomètres. Un exploit !

– Alors qu'est-ce qu'on fait ?

– Vous allez vous débarbouiller, vous habiller et on va aller faire sa connaissance en prenant toutes les précautions requises.

*Les deux frérots filent dans la salle de bain. Une "toilette de petit chat" et tous se retrouvent devant la porte, prêts pour l'aventure.*

– Je suis content mes gamins !

– Nous aussi Papy !

– Je comprends mais moi, c'est pour l'économie de savon. On fait sa connaissance et douche pour tout le monde !

– OK Papy !.. On y va ?

– Ne l'effrayez pas ! Le chien doit venir vers vous. Prenez une posture d'accueil et vous verrez...

– Oui... on sait tout ça !

*Julien guette le signe libérateur de Papy. Un clignement de l'œil et ils se retrouvent à l'extérieur. Les présentations sont vite faites. Le chiot court vers eux et sautille sur ses deux pattes arrière.*

- Il n'est pas vieux ce chien Papy !
- Tu as raison Julien !
- Il a pas de tatouage ; il appartient à personne. Chouette !
- Non Paul, il en a peut-être un qui ne se voit pas. Ils insèrent maintenant des puces sous la peau et il faut du matériel électronique pour le savoir et décrypter le code s'il y en a un.
- Bravo Julien !
- Oui mais nous, on n'a pas ça !
- Non Paul. Il va falloir trouver un moment dans la journée pour l'emmener chez un vétérinaire.
- Pas possible Papy, on est dimanche.
- Non ! On dit rien et on le garde. Hein Papy ?
- Certainement pas Paul. Dis Julien, la SPA. aurait ce type de matériel ?
- Je ne sais pas !
- Moi ce que je sais, c'est que chaque fois que quelqu'un est perdu, il vient ici !
- C'est vrai ça Papy !
- Plus qu'à trouver un nom pour notre refuge les enfants.

Chaque année, de nombreuses personnes
recueillent des chiens errants chez elles
et ne se font pas mordre.
Si vous n'avez pas peur et bien entendu,
si le chien est clairement coopératif,
vous pouvez l'emmener chez vous.

# Des mouchoirs en papier

*Le repas qu'a concocté Hélène pour remercier Papy Michel n'est pas apprécié à sa juste valeur. Même ce sage qui ne tarit pas d'éloges pour sa belle-fille, est ailleurs. Tous les trois sont pensifs. Ils se créent un film dans leur tête, probablement le même !*

- Il faut qu'on y aille les enfants !
- Votre café Papy ?
- Au retour Hélène. Il faut qu'on soit rentrés tôt, m'avez-vous dit.
- Oui, les gamins n'ont pas fini leur travail pour demain. Ce n'est pas à vous...
- On en reparle... Allez oust, on file !

*Les trois complices filent laissant Hélène et Antoine bouche bée.*

- Je ne suis pas étonné. Papa a toujours eu envie d'un chien. Ce n'était pas possible avec la phobie de maman.
- Si je comprends bien, ils vont revenir avec un nouveau locataire...
- Je le crains !

*Les comparses arrivent devant les locaux de la SPA, sortent promptement de la voiture.*

- Papy, t'as pas fermé la voiture !
- Merci Julien.

*Accompagnés de leur compagnon à quatre pattes, ils se dirigent vers l'accueil. Une affiche attire leur attention. Il fallait s'en douter, ce chiot est déjà recherché. Les premières vérifications confirment leur crainte. Le sympathique cabot reçoit un gros bisou de la part des trois sous le sourire du responsable du centre avant de disparaître dans les couloirs de l'établissement.*

- Nous allons faire un tour. Les gamins ont envie de voir vos pensionnaires.
- Sans aucun problème !

*La visite est teintée d'une forte émotion. Une misère animale muette et bruyante à la fois. Des regards attendrissants alternent avec des aboiements dénonçant, les uns comme les autres, leur ignoble abandon.*
*Paul s'arrête. Il est en pleurs.*

- Dis Papy, ils sont pas toujours enfermés les pauvres !
- Si mon gamin. Tu n'as pas remarqué car, en ce moment, très peu de chiens sont en garde mais en période de vacances, certains animaux sont accueillis pendant un certain temps avant d'être récupérés par leurs maîtres.
- Mais alors, aujourd'hui...
- Ce sont des chiens réellement abandonnés qui attendent d'être adoptés. Tous sont victimes d'un comportement intolérable de la part des humains.

*Le responsable du refuge se rendant compte de ce qui se passe, s'approche :*

- Bonjour messieurs ! Actuellement, notre refuge regorge de chiens sympathiques et plus attendrissants les uns que les autres mais qui n'ont pas encore réussi à attendrir les visiteurs pourtant nombreux au quotidien.
  Quant aux chatons, c'est par paniers que nous les recevons, tous plus craquants et plus beaux les uns que les autres.

- Pourquoi ils font ça les adultes ?

- Comment t'appelles-tu petit bonhomme ?
- Paul monsieur.
- Eh bien Paul parce que les gens sont irresponsables. Une envie ? Et hop, ils prennent un animal chez eux comme ils achèteraient une friandise et, quand ils se rendent compte des exigences et des contraintes, ils s'en débarrassent comme des mouchoirs en papier.... Je vous laisse, réfléchissez bien !

*La visite reprend. Les mots de ce professionnel résonnent dans la tête des deux gamins et pourtant.*

- Dis Papy, combien tu peux en accueillir chez toi ?
- Un seul et encore, il faut réfléchir...
- Julien, regarde celui-là comme il est beau ! Il a l'ait gentil et calme.
- C'est un labrador mon bonhomme. Il trouvera certainement des maîtres plus facilement que certains.
- Pourquoi Papy ?
- Cette race de chien est très appréciée et sa couleur chocolat est plus rare !
- Alors pourquoi il a été abandonné ?

*Face à une telle évidence, Papy Michel, aussi ému que ses petits-fils, n'ose pas répondre.*

- Papy, regarde comme il est adorable ! Il est pas beau mais il dégage quelque chose !
- Toi aussi Julien. Tu as vu comme il est venu vers toi.
- Je ne peux pas le regarder dans les yeux Papy !
- Pourquoi mon Juju ?
- Je ne sais pas... C'est comme si j'avais honte.
- C'est quoi comme race Papy ?
- Je ne sais pas mon Paul. Probablement un mélange. Est-ce si

important ? Je ne le pense pas !

*La visite touche à sa fin. Ils repartent sans chien mais Papy promet à ses petits-fils de les ramener après avoir pris une décision.*
*Le responsable qu'il croise à l'accueil connaît déjà l'issue de ces réflexions. Le clin d'œil de Papy Michel le lui confirme.*

# Décision délicate

*Le café d'Hélène attend Papy Michel bien que l'après-midi touche à sa fin. Les deux larrons filent dans leur chambre, le cœur encore en émoi, pour finir leur travail scolaire.*

- Alors Papy cette visite ?
- Très émouvante Hélène car les garçons ont été touchés par cette désolation.
- Je m'en doute. Paul est très émotif, j'imagine son désarroi.
- Juju n'est pas en reste et vous le savez. Il a pris la mesure de cette dramatique situation. Il a des capacités extraordinaires votre aîné !
- Je sais... Il ressemble beaucoup à Antoine qui sait cacher son émotivité derrière un surplus de travail. Il se doit de courir pour ne pas se retrouver face à lui-même.
- Belle analyse Hélène.
- Que comptez-vous faire ?
- Difficile ! Je me suis retenu pour ne pas revenir avec un compagnon.
- C'est bien ce que je pensais... Vous avez résisté à la tentation.
- Oui ! L'insistance des gamins ne m'a pas aidé mais il fallait y réfléchir et leur montrer que cette décision ne se prend pas à la légère...
  Je vais vous avouer que j'y pense depuis quelque temps. Je n'ai pas le temps de m'ennuyer. Ce n'est pas vraiment ça mais cette impression de solitude devient pesante. J'attends avec impatience le week-end pour vous voir tous. C'est dur !
  Le tintement de la clochette d'entrée me procure un bien-être extraordinaire. La parenthèse du bonheur est enfin ouverte et je redoute le moment de sa fermeture.
- Antoine passe vous voir de temps à autre.
- Heureusement, ça me découpe la semaine en séquences. Cela

m'aide beaucoup !

– Pensez-vous réellement qu'un chien vous tiendra compagnie ?
– Je le pense mais j'hésite car je serai alors « coincé » à la maison.
– Vous l'emmènerez avec vous... Vous savez, nous ne voulons pas d'animaux car, dans la semaine, la maison est vide la journée entière mais nous les aimons beaucoup. Les enfants reviennent à la charge régulièrement...
– Vous prenez un risque Hélène !

*Antoine arrive en courant comme d'habitude...*

– Tu travailles le dimanche maintenant ?
– Non, pas vraiment Papa mais un petit ennui technique à régler... Et je n'étais pas seul !
– Ah bon ?
– Un collaborateur en qui je découvre des qualités de jour en jour !
– Kevin ?
– Bravo Papa. Il est d'une disponibilité extraordinaire. Je réfléchis pour une formation. J'ai besoin d'une personne de confiance pour garder l'entreprise quand elle est en sommeil. Tu sais qu'il est devenu indispensable ?
– J'en suis ravi et je m'en doutais.
– Au fait Papa, ce chien ?
– Je ne savais pas trop et la discussion avec Hélène m'a éclairé.
– C'est quand même son boulot !
– Et elle le fait très bien. Tout en délicatesse. Elle sait écouter ! De nos jours, un mot est utilisé dans toutes les situations, le dénaturant car ça sonne bien. Il est devenu à la mode mais ma belle-fille l'illustre à merveille. Vous voyez de quoi je veux parler Hélène ?
– Bien sûr Papy !.. Vous pensez à l'empathie. Je prends ça pour

118

un beau compliment.
Vous me disiez que je prenais un risque.

- Si j'ai un compagnon à la maison, les gamins vont vouloir venir plus souvent.
- On gérera , ne vous inquiétez pas. Pensez à vous !
- Alors Papa, tu fais quoi ?
- Là, au moins, c'est direct,.. c'est toi !
  Quand mes deux complices sont-ils libres ?
- Mercredi après-midi. Julien n'a pas son entraînement et Paul ne fait toujours pas de sport...
- OK, le rendez-vous est pris !

Les chiens n'ont qu'un défaut :
ils croient aux hommes."

Elian-Joseph Finbert
*(écrivain animalier,*
*1899-1977)*

# Il est toujours là !

*Papy Michel a attendu ce mercredi après-midi avec impatience, comme Paul et Julien probablement. Il va avoir un chien. Il ne sait pas à quoi il va ressembler ni comment il s'appellera mais tout est prêt ! Un panier l'attend dans un coin du salon, près de son fauteuil, un autre dans la grange quand ses petits-enfants lui rendront visite. Lui qui s'adapte aux circonstances, il a tout organisé, bien à l'avance, en pensant à tout. Un dernier café avant de passer récupérer ses complices. Le refuge de la SPA est à dix minutes...*
*La sonnerie de son téléphone le sort de ses pensées.*

> – Oui ?
> – C'est P'tit Paul. Qu'est-ce que tu fais Papy ? On t'attend.
> – J'arrive.

*La voiture qui connaît le chemin par cœur s'arrête devant le portail . Un coup de klaxon et les deux garnements sont déjà à se bousculer pour entrer dans la voiture. Julien, l'aîné, a le privilège de la place du copilote, comme dit Papy. P'tit Paul finit de s'attacher et c'est parti.*

> – J'espère que le labrador chocolat sera encore là. Je l'adore déjà !
> – Tu as entendu ce qu'a dit Papy ? Moi, je veux faire encore un tour. On le pourra Papy ?
> – Évidemment, on prend notre temps. Je vous préviens les enfants, on ne sait pas ce que cette visite nous réserve.
> – Tiens, c'est là ! Gare-toi Papy, vite !

*Le responsable du refuge qui les reconnaît, les accueille avec un grand sourire.*

- J'attendais votre visite. Un instinct qui ne trompe pas !
- Eh oui, ils ont tellement insisté !
- Allez Papy !..

*La même sensation les attriste subitement. Des cages en enfilade, des aboiements, des regards tristes, des manifestations de joie comme de crainte... Paul ouvre la marche d'un pas précipité. Arrivé devant la cage qu'il recherchait, il tombe en arrêt.*

- Il n'est plus là Papy !
- Ce n'est pas grave. Il a probablement trouvé une famille d'accueil. Viens mon bonhomme.

*Papy prend son petit-fils par la main. Julien, lui, a continué seul. Il a son idée. Il s'arrête de temps à autre avant de poursuivre. Rattrapé, Papy le prend par le bras pour le retenir en lui faisant un clin d'œil.*

- Je ne me souviens plus où est celui qu'on avait vu.
- Lequel Papy ?
- Tu sais Julien, celui que tu ne trouvais pas vraiment beau mais qui avait l'air si sympa !
- Je ne m'en souviens plus, on en a tellement vu...
- Je sais où il est moi. Suivez-moi !

*Papy et Julien laissent Paul arriver le premier. Ils le suivent quelques mètres derrière. À voix basse, le grand-père se confie à son petit-fils :*

- Ce n'est pas très bien ce qu'on fait mon Juju mais je veux savoir ce qu'il pense réellement de ce chien.
- J'ai compris Papy !

*Arrivé devant la cage, le pensionnaire s'approche en remuant la queue. Il a un regard à faire fondre les plus récalcitrants. P'tit Paul avance sa main comme le lui a expliqué Papy, sans passer les doigts dans les mailles du grillage.*

– Juju, il m'a fait un bisou... une léchouille quoi !
– T'en as d'la chance !

*Le chien est assis face aux trois comparses qui l'admirent, touchés par le regard de ce cabot...*

– Il ne lui manque que la parole !
– C'est vrai Papy... Qu'est-ce que tu en penses Paul ?
– Moi, j'aime bien aussi... comme vous !

*Une voix les fait sursauter.*

– C'est ce qu'on appelle le coup de foudre !
– Vous nous espionnez ?
– Pas du tout mais l'expérience cher monsieur. J'en étais sûr !
– Quel âge a-t-il ?
– On pense qu'il doit avoir trois ans environ. C'est un chien abandonné sur une aire d'autoroute d'après ce que l'on sait.
– En juillet ou en août !
– Exactement ! Il est avec nous depuis quelques mois et son comportement est irréprochable.
  Il n'était pas tatoué. C'est fait ! Les vaccins sont à jour. Il a son carnet de santé. Tout est prêt !
– C'est un croisement ?
– Plus que ça ! Il doit y avoir du griffon, du fox et peut-être même du beagle. Un sacré mélange ! Certains visiteurs le trouvaient beau et d'autres moche. Allez savoir ! C'est une boule de gentillesse ce toutou. Je ne comprends pas qu'il soit encore ici !

- Il nous attendait !
- Tu le prends alors Papy ?
- Oui, car il nous a choisis !

# Élections ouvertes

*Les quelques jours passés en compagnie de son nouveau compagnon ont été merveilleux pour Papy Michel. À chaque fois qu'il tourne la tête, il est toujours surpris de voir cette petite boule de poils le regarder. Une nouvelle complicité naît entre ces deux compères.*
*En trois jours, ce sympathique chien a investi les lieux. Papy intervient quand il se permet certaines libertés. Difficile de lutter quand l'instinct vous pousse à creuser et chez Papy Michel, la tentation est grande mais ce n'est pas possible !*

–   En attendant de te trouver un nom, je t'appellerai « Le chien ».

*Quand Papy lui parle, il penche la tête sur le côté. C'est vrai qu'il est chouette. Quand Clochette se manifeste, le chien court vers le portail et aboie très brièvement en direction de l'auteure de cette mélodie.*

–   Bonjour mon chien. Comment vas-tu ? Je pense à toi depuis mercredi !
–   Si tu penses qu'il va te répondre Paul...
–   Oui, mais il me comprend. J'en suis sûr !

*Le cabot précède fièrement les deux frères émerveillés par son attitude. Tous les trois pénètrent dans la cuisine où Papy finit de tout ranger.*

–   Bonjour mes gamins ! Alors cet accueil ?
–   Surprenant Papy. On a l'impression qu'il est chez lui.
–   Mais, il est chez lui Julien ! Enfin, c'est encore un peu chez moi...
–   Tu disais avant, qu'ici, c'était chez nous !
–   Ça l'est toujours P'tit Paul, ne t'inquiète pas.

Alors les enfants, le programme ?

- Ben Papy, tu avais dit qu'on devait lui trouver un nom...
- Exact ! Comment procède-t-on ? Une idée Julien ?
- Avec Paul, on a préparé des noms chacun de notre côté.

*Julien et Paul posent sur la table de la cuisine deux tas de petits papiers sur lesquels des noms ont été inscrits. Papy en est ému.*

- Vous me laissez deux minutes et je fais de même.
- Tiens Papy, on t'a préparé tes trois petits papiers pour le tirage au sort.
- Moi, je voulais qu'on vote comme à l'école pour élire les deux délégués de classe.
- Si je compte bien, ça nous fait neuf noms tout ça.
- Non Papy !
- Pardon ?
- On en a écrit cinq chacun ! C'est mon idée Papy et Juju, il a accepté.
- Des élections truquées chez moi ?.. Enfin, je n'ai jamais pratiqué ces magouilles mais paraît-il qu'il n'y a pas d'âge pour commencer !
- C'est vrai Papy qu'il y a plus de chances pour que ça tombe sur une de nos propositions.
- J'ai aussi une idée les gamins. Chacun reprend ses bulletins de vote pour les remettre un par un dans cette boîte en faisant la promotion de chaque nom proposé. Il faudra faire une campagne à chaque tour.
- Là, j'ai rien compris Papy !
- Pas grave Paul, je vais t'expliquer.

*Pendant l'explication de Julien, Papy écrit très rapidement ses trois propositions.*

126

- Allez Paul, tu commences.
- J'ai pensé à « Bidule » car ça lui va bien, à « César » parce que c'était un empereur, à « Virgule » ; c'est marrant, à « Médor » parce que beaucoup de chiens s'appellent comme ça et à « Polo » ; un peu comme moi et le navigateur !
- Vous allez rire ! « Kimono » ; vous savez pourquoi, à « Pokora » car je l'adore, à « Beethoven » pour le chien de mon film préféré, à « Picasso » parce que c'est un artiste qui a peint des tableaux biscornus, à « Einstein » pour l'intelligence !
- C'est pas mal tout ça, j'avoue ! Alors moi tout d'abord « Platon » considéré peut-être comme l'un des pionniers de la philosophie puis « Pythagore » car il est l'auteur du plus célèbre théorème en mathématique et enfin « Thalès », encore un mathématicien, mais c'est pour faire un jeu de mots !
- Ta laisse !.. T'as compris Paul ?
- Euh... non !.. Pas grave, on vote ?
- J'ai une idée les enfants. J'aimerais inviter des amis au scrutin.
- Mais comment ils vont pouvoir voter Papy ?
- Je vais leur téléphoner ces prochaines heures et demain on fait les comptes des voix en comptant les nôtres bien sûr...
- Il faut attendre dimanche Papy ?.. Bon, suis d'accord !
- Moi aussi Papy ! C'est ton chien malgré tout. Hein Paul ?
- On récapitule : Bidule, César, Virgule, Médor, Polo, Kimono, Pokora, Beethoven, Picasso, Einstein, Platon, Pythagore et Thalès. Merci les enfants ! Allez dans la grange pendant que je contacte mes amis. Ensuite un méga goûter... Filez, je vous adore !

*Les gamins viennent de disparaître avec le chien. Papy se précipite sur son téléphone, compose le numéro de ses amis :*

- Allô !

" Si ça sonne chez vous,
répondez.
J'attends votre vote ! "

# Élections truquées

*"Le chien" suit Papy comme son ombre. Chaque geste du grand-père est observé avec intérêt. Papy entre à cent pour cent dans cette relation. Il lui parle, lui explique ce qu'il fait. C'est touchant !*
*Clochette appelle son copain qui arrive en courant, émet un léger jappement et commence à sautiller comme une puce dès que les deux gamins sont entrés.*

- Bonjour Papy ! Ça fait drôle de voir le chien au portail !
- Il faudra t'y habituer Julien car je le garde, il a réussi son examen de passage.
- Alors, on vote ?
- Tu as raison mon Paul. Heureusement que tu es là !
- J'ai préparé des bulletins de vote.
- C'est génial Papy. Ils sont illustrés. Tu as vu Paul ?
- On vote quand ?
- Tu as raison. Vous vous souvenez que les règles ont changé. On vote comme Paul le conseillait en deux tours. Plus de tirage au sort.
- Oui, suis d'accord. C'est plus juste !
- Dis Papy, le chien, il peut voter ?
- Ah ! Encore le règlement qui change...
- Non Julien, il évolue.
  OK ! On jette treize bulletins au sol. On verra bien comment il réagit.

*"Le chien" observe tout ce remue-ménage. Les papiers jonchent le sol. Julien retient le cabot.*

- Repérez bien le premier bulletin reniflé. Je le lâche !

*Le chien joue son rôle à merveille et va de bulletin en bulletin pour les renifler.*
*Paul ramasse le premier vote pour le déposer sur la table.*
*Papy récupère les malheureux éliminés. Julien prend la parole :*

- "Le chien" a voté !
- En principe, on ne devrait pas connaître son choix mais là, tout le monde l'a vu. Je le mets dans l'urne. "Picasso" a pris une petite avance. Je rajoute les quatre votes de mes amis sans vous les montrer pour ne pas vous influencer.
- Oui, mais toi tu les connais. C'est pas juste.
- Le bureau des réclamations est ouvert... Allez, on vote !

*Chaque complice prend plusieurs bulletins, va dans le salon et en revient pour insérer un bout de papier plié en quatre dans l'urne.*

- On commence le ... dépouillement !
- Bien Paul !
- Je connais tout le vocabulaire des élections. On a voté à l'école !

*Chacun a son rôle. Papy qui a vidé l'urne, tend un bulletin à P'tit Paul qui le lit à voix haute et Julien trace des petits bâtons pour comptabiliser les votes. Après deux petits traits, Papy remet à Paul un bulletin coupé en deux avec un sourire au coin des lèvres.*

- C'est quoi ça ?
- Tu le vois bien, un demi-bulletin !
- Ça compte pas. À l'école, c'est un vote nul !
- Oui mais c'est une amie qui a voté par téléphone. Cette dame, sympathique du reste, éprouve les pires difficultés quand il s'agit de faire un choix. Elle m'a soumis deux noms. Si j'avais mis les deux bulletins dans l'urne, j'aurais triché !

- J'ai une idée Papy ! On compte une demi-voix.
- Bonne idée Julien. Quelle magouille ! Et dire que ça se passe chez moi.
- À mon avis Papy, il y a un autre bulletin coupé en deux. Tiens le voilà !

*Le dépouillement fini, Julien fait les calculs et, très officiellement, annonce le résultat du premier tour dans l'ordre croissant.*

- N'ont pas obtenu de voix : Bidule, César, Médor, Polo, Kimono, Beethoven, Einstein et Pythagore.
  * ½ voix : Thalès (ça fait bizarre mais bon !)
  * 1 seule voix : Pokora et Platon (les pauvres !)
  * 2 voix ½ : Virgule (Dommage, j'aimais bien !)
  * 3 voix : Picasso (ça lui va bien, je trouve !)
  Sont donc sélectionnés pour le deuxième tour : Picasso et Virgule.
- Vous acceptez que j'invite mes amis à voter par téléphone ?
- Tu fais ce que tu veux Papy. Sont pas très honnêtes quand même tes amis, hein Paul ?


« Le téléphone sonne chez vous,
si le cœur vous en dit.
Un choix entre "Picasso" et "Virgule" »

# Enfin un nom

*Clochette appelle son nouveau compagnon mais « Le chien » n'accourt pas comme il a pris l'habitude de le faire.*

- Tu crois Julien qu'il a un problème le toutou ?
- Je ne sais pas s'il est à l'intérieur et que les portes sont fermées, il ne peut pas venir jusqu'au portail.

*C'est un peu inquiets qu'ils poussent la porte d'entrée de la cuisine.*

- Dis Papy, il est où le chien ?
- Dans son panier. Il m'a fait un gros trou dans le jardin. Il est puni !

*Le cabot a l'air tout triste. Il ne bouge pas mais l'envie se lit dans ses yeux. De temps à autre, il tourne la tête vers Papy.*

- Je ne peux pas le regarder car il me ferait craquer. Je pense qu'il a compris... jusqu'à la prochaine fois !

*Il se met devant le panier, le fixe sévèrement et lui adresse un « Vas-y ! » accompagné d'un geste significatif. Le cabot saute hors de son refuge et vient chercher quelques caresses auprès des gamins.*

- Il obéit drôlement bien Papy !
- C'est simple ! Beaucoup d'affection et un peu d'autorité. Je dois reconnaître qu'il est super ! Je pense que ces petits débordements vont disparaître.
- Dis Papy, on vient voter !
- Je le sais P'tit Paul. Il ne reste plus que vous.

*Julien s'empare de la boîte qu'il secoue.*

- Mais il y a plein de bulletins dans l'urne. Apparemment plus qu'au premier tour.
- Oui, vos parents, Grégory et ses parents, mes amis par téléphone, une amie par procuration, moi et il ne manque plus que deux votants : vous !
- Tu as oublié le chien Papy. On se dépêche car j'ai entraînement.

*Le même cérémonial que lors du premier tour et cette fois-ci, c'est P'tit Paul qui a fait les comptes et annonce les résultats :*

- Est déclaré vainqueur « Virgule ».
- Tu n'as pas précisé le nombre de votants, le nombre de suffrages exprimés et les voix obtenues par chaque nom !
- Je croyais que tu étais pressé Juju ! Alors quatorze votants, quatorze suffrages exprimés, dix « Virgule » et quatre « Picasso ».
- Je file Papy sinon je vais être en retard. Bisou ! Suis content ; j'avais voté « Virgule » !
- Comme moi ! Et toi Papy ?
- « Picasso » mais ce n'est pas si grave que ça !
Viens Virgule !

*Le brave toutou va trouver Papy, celui qui l'a puni pour ses bêtises mais qui lui apporte tellement au cours de la journée.*

- Il a l'air super content Papy. Tu crois qu'il a oublié que tu t'es fâché ?
- Je ne le pense pas sinon je ne l'aurais pas fait P'tit Paul.
- Dis Papy, tu vas acheter des vêtements comme on voit dans la rue.
- Cette petite boule de poils est un animal. J'adore les animaux

et je suis content d'en avoir un désormais mais je vais peut-être te choquer en te disant que, pour moi, ce ne sont pas des humains. Ne mélangeons pas tout ! Il faut les aimer pour ce qu'ils sont. Ils nous apportent beaucoup mais ils ne remplaceront jamais notre famille et nos amis disparus !

– Je comprends Papy. Dis Papy. Il dort avec toi dans ta chambre ou sur ton lit ?

– Certainement pas mon bonhomme. D'abord, ce n'est pas hygiénique et surtout, il lui faut une place, sa place.

– J'ai vu à la télé qu'il y avait des psychologues pour les animaux.

– Tu as la réponse à ta question. En agissant comme je viens de le dénoncer, on trouble les relations naturelles entre l'humain et l'animal !

– Mais on peut aimer un animal ?

– Oui, comme un animal. Allez file !

Virgule, le nouveau compagnon
de Papy Michel

# Jade et Léo

*C'est samedi ! Virgule a devancé Clochette d'une bonne minute. Il jappe devant le portail annonçant l'arrivée imminente de P'tit Paul.*

- Bonjour mon Papy.
- Bonjour mon petit bonhomme, alors ta semaine ?
- Dis Papy, pourquoi il y a des enfants qui ne peuvent pas marcher ?

*Déconcertant P'tit Paul comme toujours...*

- Eh bien, tu ne perds pas de temps...
  Ce peut être suite à un accident ou alors c'est à cause d'une maladie.
- Il y a un nouveau dans ma classe, il s'appelle Léo et il est dans un fauteuil roulant. Il a dit qu'il avait jamais marché et qu'il marchera jamais parce que ses jambes ne fonctionnent pas.
- C'est un peu plus compliqué que cela...
- La maîtresse a dit qu'il était en inté... en inté... zut !
- En intégration !
- C'est ça Papy. Au début il va venir seulement le matin, et si ça va, alors il viendra toute la journée.
  Et il y a une dame avec lui dans la classe ; elle lui apporte ses affaires et des fois c'est elle qui écrit dans son cahier.
- Cela s'appelle une AVS. Elle est là pour l'aider à faire ce qu'il ne peut pas faire seul.
  Et avec les autres élèves, ça se passe comment ?
- Bien, mais il y en a qui disent qu'il a de la chance d'être en fauteuil parce qu'il a pas besoin de marcher !
- Ceux-là ne réfléchissent pas beaucoup ! Et toi, qu'est-ce que tu en penses P'tit Paul ?

- Ah non, moi je trouve qu'il a pas de chance !
Tu te rends compte Papy, il peut pas courir et à la récréation il peut pas jouer au foot avec nous ou au loup... Il peut juste regarder.
Grégory il pense comme moi. Il dit qu'il a plus de chance que Léo.
- Et il n'y a pas que la récréation, tu sais. Il ne peut pas non plus nager à la piscine, faire de l'accrobranche, du toboggan, du trampoline... Enfin tout ce que font les petits garçons de ton âge.

*Il n'en faut pas davantage pour qu'une larme commence à perler au coin de l'œil de P'tit Paul.*

- Mais Papy, pourquoi il y a des enfants comme Léo qui ne pourront jamais marcher et d'autres comme moi qui peuvent faire tout ce qu'ils veulent ?
C'est pas juste !
- C'est vrai, c'est injuste. Cela s'appelle un handicap. Le mot vient de l'anglais et évoque un tirage au sort ; on a de la chance ou on n'en a pas. C'est le hasard !
- Un handicap, ça je sais. Ils en ont parlé à la télé au Téléthon et on a vu des gens dans des fauteuils comme Léo.Mais il n'y a pas que des gens en fauteuil. Certaines personnes ne peuvent pas voir, d'autres sont sourdes, certaines naissent sans bras ou sans jambes et d'autres ne pourront jamais apprendre à parler ou à lire. Le handicap, c'est quelque chose qui limite des possibilités ou des activités...
- Oui mais pourquoi c'est tombé sur Léo ?
- Tu sais P'tit Paul, avant on pensait que le handicap c'était une punition de Dieu.
- Mais Léo, il a rien fait ! Il est très gentil.
- Heureusement que maintenant on ne pense plus comme cela. La science a fait des progrès et pour Léo on sait maintenant

qu'il est probablement né comme ça.
- Je comprends mais, lui, il se plaint pas. Il dit pas que c'est pas juste. Il sourit tout le temps !
- Les enfants handicapés sont souvent très courageux et ils veulent se sentir comme les autres, être acceptés !
C'est un bon élève Léo ?
- Oh oui alors ! La maîtresse lui a posé plusieurs questions et il a eu tout bon, même les plus difficiles.
Jade a dit qu'il avait de la chance parce qu'elle, elle comprend pas tout, parce qu'elle est dys... dys...
- Dyslexique !
- Oui, c'est ça ! Léo a proposé de l'aider.
- Tu vois la dyslexie de Jade, c'est une autre forme de handicap. Cela ne se voit pas mais ça la gêne beaucoup dans les apprentissages et elle aura sûrement plus de mal dans ses études que Léo.
- Je comprends Papy.

*Le visage de P'tit Paul s'éclaire tout à coup.*

- Dis Papy, moi je suis trop bavard. C'est ça mon handicap ?

# Coup de blues

*Virgule fait sa ronde devant la maison, flairant chaque recoin. Il prend possession des lieux, c'est certain. Papy n'est pas très loin affairé à ramasser les brindilles coupées et les feuilles mortes. Il fait bon ce dimanche après-midi quand Julien pousse le portail. Virgule est déjà là, planté devant ce visiteur habituel, attendant sa caresse. Julien s'accroupit pour répondre à sa demande, gardant cette position longtemps ; cette boule de poils et d'affection lui procure probablement du bien car il n'a pas l'air en forme. Il sursaute en entendant Papy Michel.*

- Pas question, je le garde !
- Tu m'as fait peur Papy.
- Un grand Girard comme toi, tu plaisantes... Apparemment non ! T'as un problème mon Julien ?
- J'ai besoin... J'ai besoin d'aide Papy !

*Inutile d'en rajouter, le grand-père s'aperçoit immédiatement que son petit-fils ne va pas très bien. Il s'approche de lui et le prend par les épaules pour l'accompagner jusqu'à l'intérieur. Julien s'assoit sur la première chaise rencontrée sans prendre le soin de se débarrasser de son blouson.*

- Que veux-tu boire Julien ?
- Un chocolat chaud, si tu as Papy.

*Les deux mazagrans et la boîte à gâteaux de Mamie sont déposés entre eux deux.*

- Je sais par expérience qu'en règle générale, on ne pose jamais la bonne question dans ces situations mais on est là, tous les deux, comme deux malheureux.

141

- Je sais Papy mais je ne sais pas quoi faire !
- Si tu as envie de parler, je suis là. Je suis là pour ça mon Juju. On peut dire aux grands-parents ce qu'on n'ose pas dire à ses parents. Même les coups, je les accepte.
- Dis pas ça Papy !
- Tu peux parler Julien...
- Je ne sais pas l'expliquer. Je me sens triste. Y'a qu'à toi que je peux parler. Tout le monde me dit que je suis fort mais c'est pas vrai !
- Dans quel domaine ? Au collège ? À la maison ? Avec ta copine ?
- Déjà avec ma copine, tu tires un trait, d'accord ?
- Désolé !
- À la maison ? Y'a plus personne, c'est moi qui garde Paul ! Au collège ? C'est plus comme avant...
  Je fais des efforts Papy.
- Je sais.
- Personne pense à moi... toi peut-être.
- Et Virgule. Tu as vu où il est ?
- C'est un chien Papy !
- Ça je le sais aussi !

*Julien prend Virgule qui est assis à ses pieds, tout contre lui, le pose sur ses genoux et le plaque contre lui. Les deux ne bougent plus... Des larmes commencent à couler le long de ses joues. Papy patiente un peu, ému lui aussi et lance :*

- Heureusement qu'on a pas choisi un Saint-Bernard !

*Julien ne sait plus s'il doit pleurer ou rire... Il fait les deux !*

- Y' en avait pas Papy!
- Vous en parlez entre ados ?

- Non, j'avais coupé les ponts à cause de l'autre.
- Elle a un prénom.
- Eh bien, elle peut le garder !
  J'ai compris son manège avec son frère. Je compte pas pour elle. Il veulent me refiler leur cochonnerie. J'ai été tenté. J'ai réfléchi. Je ne veux plus la voir,.. les voir.
- À la bonne heure !

# Habile demande !

On ne sait plus si c'est Clochette qui aboie et Virgule qui tinte dans cet arrangement musical quand un visiteur pousse le portail. Une vraie mélodie ! Quelques mètres et la porte de la grange s'ouvre comme par enchantement.

– Bonjour mes gamins.
– Bonjour mon Papy.
– C'est sympa de venir faire nos devoirs ici Papy.
– Comment aurais-je pu refuser Julien ? C'est votre mère qui me l'a demandé et tout le monde en est ravi.
– Installez-vous. Je bosse mais je suis là pour vous aider éventuellement.

Julien se met au travail immédiatement le sourire aux lèvres. Un plaisir ! P'tit Paul s'installe en face de Papy.

– Dis Papy, je peux te parler de quelque chose ?
– Bien sûr. Un problème ?
– Oui ! Tu sais que tu as offert un « Jeu de l'Oie » personnalisé à Grégory.
– Oui, je m'en souviens. C'est bientôt ?
– Dans un mois et demi. On a le temps.
– Je vais m'y mettre dès demain car c'est un sacré boulot. Il me faudra quelques renseignements. J'ai besoin de savoir si Grégory a une idée de ce qu'il désire.
– On a déjà plein d'idées Papy. Léo nous a beaucoup aidés. Il est très fort, tu sais. Il aimerait participer avec nous à la fabrication du jeu.
– Pas de problème et où voulez-vous vous installer pour sa réalisation ?
– Ben ici Papy !

145

- Si j'ai mon mot à dire, faudra me dire les jours et à quel moment de la journée vous voulez vous réunir chez moi.
- Le mercredi après-midi, c'est possible ?
- Une question. En ont-ils parlé à leurs parents ?
- Non pas encore. On voulait te prévenir avant.
- Quelle délicate attention !
- On peut pas le faire chez Grégory parce que ses parents, ils travaillent, eux !
- Voilà que je passe pour un fainéant maintenant.
- En plus, il faut monter des étages et Léo, il peut pas avec son fauteuil roulant.
- OK, on peut faire un atelier « Fabrication du jeu de l'Oie » ici. Pas de problème. Et où pense-t-il fêter son anniversaire ?
- Ben ici Papy. Je viens de te dire que Léo, il ne peut pas monter les étages et, en plus, c'est pas assez grand chez Grégory avec tous les copains qu'on va inviter...
- Effectivement, suis-je bête !

Julien qui rigole dans son coin, se lève pour aller à son entraînement sportif.

- J'y vais Papy. Bon courage ! Je peux laisser mes affaires ici ? Je repasserai les récupérer. Il n'y a personne à la maison. Si ça te dérange, on peut rentrer dès que je reviendrai tout à l'heure.
- Non mon Julien. Je suis content de vous voir. Hélène doit passer vous récupérer ! Tu n'as pas pris ton goûter.
- Pas l'temps Papy... À+ Paul !
- Bon Paul, c'est d'accord pour tout mais il faut que Grégory et Léo en parlent à leurs parents.
- OK Papy !.. Je veux bien mon goûter, moi.
- Et après, tu travailles.
- Oui Papy maintenant que je t'ai parlé... mais après le goûter.
- Tu réussiras dans la vie, toi !

# La maman de Léo

*Le concert « Clochette & Virgule » devient une œuvre locale. Papy patiente... Quand personne n'apparaît dans le jardin, c'est qu'il s'agit d'un visiteur inhabituel. Il se déplace donc après avoir enfilé un blouson.*

– Vous auriez pu entrer chère madame !
– Je n'ai pas osé. J'ai cherché la sonnette en vain. Je me suis permise d'entrouvrir le portail pour prévenir.
– Entrez, on me fait toujours la même remarque.
– Je suis la maman de Léo.
– Léo ?
– Oui, un camarade de classe de votre petit-fils Paul.
– Oui, il m'a parlé d'un nouveau dans sa classe... On ne va pas rester à l'entrée. Je suppose que vous êtes venue pour me parler. Désirez-vous une tasse de thé ou de café ?
– Ce n'est pas de refus.

*La maman de Léo observe les lieux et en particulier les graviers de l'allée.*

– Vous avez un extérieur très agréable Monsieur Girard. Une grande variété. C'est convivial !
– J'ai effectué quelques aménagements pour accueillir mes petits-enfants qui aiment bien venir ici.
– Oh, je le sais. Léo m'a raconté. Il a été accueilli au sein d'un petit groupe qui a bien facilité son adaptation à cette nouvelle école.

*La maman de Léo, toujours très observatrice, regarde les deux marches du perron qui donne dans la cuisine. Papy lui propose de s'asseoir dans le salon.*

- Café, thé ou autre chose si vous désirez.
- Un thé, je vous remercie.

*Papy revient avec le fameux plateau sur lequel il a soigneusement déposé les deux tasses et la boîte à gâteaux.*

- Voilà, je voulais vous voir car Léo est invité chez vous par Paul pour préparer un jeu pour l'anniversaire du petit Grégory.
- Oui, ça a l'air compliqué mais c'est très simple en fin de compte.
- Je trouve l'idée charmante mais j'ai quelques réticences sur les lieux. Vous n'êtes pas sans savoir que Léo est handicapé et qu'il se déplace en fauteuil roulant.
- Paul m'en a parlé.
- J'ai regardé et je pense que le fauteuil électrique roulera sans problème sur les gravillons mais les deux marches de votre entrée vont poser problème.
- J'avais compris quand je vous voyais examiner les lieux. Je vous rassure, nous ne viendrons pas ici mais dans le bâtiment au bout du jardin. Je vais vous montrer.

*Les deux tasses sont rapidement vidées. Papy précède la maman jusqu'à la grange. Elle semble très surprise par la cachette de la clé.*

- Eh oui, c'est le système D !
- Je trouve ça amusant. Je vais vous dire Monsieur Girard mais je suis comme un petit nuage dans ces lieux. C'est simple et tellement... naturel !
- Merci beaucoup. Voilà ma salle polyvalente.
- Les mots me manquent ! Je vais vous avouer quelque chose. Léo a des grands-parents formidables qui lui proposent ce

genre d'environnement. C'est tellement important pour lui. Nous étions obligés de déménager pour le travail de mon mari. Ils sont désormais loin. On essayera de les voir le plus souvent possible.

- Paul le sait déjà. Et quand mon p'tit bonhomme apprend de belles choses, il ne se passe grand temps avant que je sois au courant.
- Vous avez un petit-fils extraordinaire m'a dit Léo. Une grande sensibilité et une ouverture d'esprit formidable. Mon fils, plus réservé, s'est senti à l'aise tout de suite.
- Les préparatifs et l'anniversaire de Grégory auront lieu ici. Ses parents n'ont pas un grand appartement...
- Et eux aussi se sentent bien ici, non ?
- Mais vous savez tout !
- Non, pas tout mais le plus important pour me rendre compte qu'une bonne étoile nous a conduits jusqu'ici !
- Vous me gênez Madame …
- Isabelle Durand, Monsieur Papy Michel !
- Faudra enlever « monsieur ».
- Promis. Léo est pressé de vous connaître.
- J'espère être au niveau de la réputation que P'tit Paul me fait en général.
- J'ai remarqué un petit quelque chose Papy Michel. Vous avez vu, je m'adapte.
- Le seuil de la grange ?
- Oui !
- C'est pas grand-chose et ce sera fait pour mercredi. J'ai un contact qui me fera ça très rapidement. Aucun problème.
- Je vous remercie pour cet accueil Papy Michel.
- Merci Isabelle. J'ai été enchanté !

*La maman de Léo est à peine partie que Papy se jette sur son téléphone.*

149

– Allô Kevin ! J'ai un p'tit service à te demander.

# Confidence

*Une chanson fredonnée s'ajoute au joyeux tintamarre du groupe musical « Clochette & Virgule ». Pas vraiment de la musique classique mais presque. Un sourire accueille P'tit Paul au bout de l'allée.*

- Surprise !
- Qu'est-ce que tu fais là Greg ?
- Papa est venu faire un peu de maçonnerie pour Papy. Il a bien voulu que je l'accompagne.
- C'est super !
- Tiens, voilà mon p'tit bonhomme. Tu arrives juste pour le goûter.
- Oui, je suis pas en avance. J'ai fini tout mon travail pour lundi. Je suis tranquille. Et toi Greg ?
- Moi, presque. Le dernier problème de maths. Elle donne beaucoup de devoirs cette maîtresse ! Papa, il m'a dit que c'était parce que c'était une bonne institutrice.
- Dis Papy, tu donnais beaucoup de travail à la maison toi ?
- C'est vieux ça, c'était au début de ma carrière... J'essayais de doser pour que les élèves puissent approfondir ce qu'on avait vu en classe et aussi leur laisser du temps libre pour eux, pour se faire plaisir, se ressourcer.
- J'aurais bien aimé t'avoir... pardon Papy... vous avoir comme maître !
- Moi aussi.
- Tiens, le maçon a fini son boulot !
- Oui Papy. J'ai fait un rêve là-dessus...
- Tu es sûr que ce n'était pas un cauchemar ?
- Non non, un beau rêve...
- Bon allez tout le monde au goûter sinon on va arriver à dire des bêtises.

- Ben pourquoi Papy Michel ? Je vous assure, c'était pas des conneries !
- Kevin !!!
- Des bêtises. Pardon Maître.

*Tout le petit groupe s'achemine en rigolant de bon cœur. Papy, en tête du cortège ne peut maîtriser un sourire de satisfaction qui lui illumine le visage. Virgule, qui n'est pas en reste, ferme la marche.*

- Faudra vous serrer dans la cuisine. Je n'ai pas l'intention de l'agrandir !
- Si vous avez besoin Papy...
- Merci Kevin. T'en fais déjà beaucoup.
- Dis Papy, on peut aller dans la grange ?
- Faut demander au spécialiste P'tit Paul.
- Vous passez bien sur les deux planches pour pas écraser le ciment que j'ai fait surtout !
- Pas de problème Papa.
- Merci Kevin

*Les deux gamins s'installent autour de la table de la cuisine.*

- Papy, tu avais tout préparé à l'avance ?
- Évidemment.
- Je reste debout Papy. J'aime bien boire mon café debout.
- Prêt à partir après l'avoir avalé. Tu as fini ?
- Oui, vous allez voir, c'est nickel. Le pauvre gamin, il va pouvoir rouler dessus. J'assure aucune vibration au passage. C'est du travail de pro !
- Dis Papa...

*Papy Michel et Kevin se regardent puis lâchent un large sourire pour masquer la petite larme qui perle au coin de l'œil.*

- Ben qu'est-ce que j'ai dit ?
- Rien mon Greg, continue.
- Je te préviens tu vas encore pleurer.
- T'inquiète Greg, Papy, c'est pareil. Tu vas voir.
- Tu sais ce qu'il nous a dit Léo ?
- Ben non. J'étais pas là !
- Il a dit qu'il aurait bien aimé avoir deux frères comme nous, P'tit Paul et moi.
- Allez, on y va Greg.

*Effectivement, cette confidence fait son effet.*

« Nos corps sont remplis de larmes
qui se plaisent à sortir pour exprimer
nos tristesses ou nos joies.
Il ne faut en aucun cas en avoir honte
que l'on soit homme ou femme !!! «

Marie No RoqueJauffre
Scribay 3 février 2017

# Activité artistique

Le duo musical accueille les copains de P'tit Paul qui ont l'originalité d'arriver tous en même temps. La discussion commence dès le portail franchi. L'allée gravillonnée ne représente pas un obstacle pour le fauteuil roulant de Léo. C'est donc une bande de potes très joviale qui arrive dans le jardin de Papy.

- Bonjour tout le monde ! Ravi de faire ta connaissance Léo.
- Moi aussi Monsieur Papy Michel.
- Tu retires « monsieur » et tu verras que ça ne change rien. Bonjour Isabelle. Toujours ravissante !
- Bonjour Papy Michel... Comment fait-on ?
- Vous pouvez rester si vous le désirez...
- Je veux bien ; je suis une curieuse incorrigible.
- Direction la grange !
- Vous parlez de ce superbe bâtiment. Il mériterait un nom plus évocateur.
- On peut le baptiser autrement, ça fera une occasion de faire la fête.

Isabelle sourit gentiment. Sur le seuil de l'entrée, son regard se dirige vers la petite transformation que Kevin a réalisée.

- Je suis désolée de vous avoir …
- Ne vous inquiétez pas. Je devais modifier cette entrée depuis quelques mois déjà. C'est enfin fait !

Tout le groupe s'installe dans ce lieu où il fait si bon vivre.

- Voici le support de jeu de l'anniversaire de Paul. Pour gagner un peu de temps, j'ai imprimé la structure vide sans les illustrations. C'est à vous de les réaliser.

- Merci Papy Michel. On peut mettre des photos dans les cases comme le jeu de Paul.
- Bien sûr Grégory. Des photos, des dessins, des collages, tout ce que tu veux. Il faut que ça rentre dans les cases qui n'ont pas toutes la même forme.
  Je vous conseille de choisir les thèmes.
- Je veux garder les mêmes que Paul.
- Papy Michel... Je trouve ça super et j'ai envie de participer à toutes les activités mais ...
- Je comprends Léo...
- J'ai compris Papy !
  Greg, y'a des activités que Léo peut pas faire. Il faut changer.
- C'est votre jeu ! Vous en discutez un petit moment entre vous.

Papy Michel et la maman de Léo prennent un peu de recul et laissent les gamins prendre des initiatives dans le choix des thèmes et des activités.

- C'est touchant Papy Michel. Léo est heureux dans ce petit groupe. Il vit avec le sourire.
- Paul me l'a dit et il était très surpris qu'il ne se plaigne jamais.
- Oui, il est très courageux. Il croque la vie à pleines dents.
- Il avale tout ce qui l'entoure avec ses grands yeux...
- C'est tout à fait ça ! Une boulimie, il ne veut rien rater ! Il prend ce que la maladie n'a pas encore réussi à lui voler...

Isabelle s'arrête. Papy respecte ce moment douloureux... Il serait incapable de parler tant l'émotion est forte !

- On a fini !
- On arrive... Alors Grégory ?
- Voilà. On a gardé les mêmes thèmes et on a changé quelques activités. Léo nous a bien aidés. Il a plein d'idées.

- Vous avez fait la liste des activités ?
- Oui, Léo dictait et Paul écrivait.
- Et toi Grégory ?
- Moi je vérifiais si ça allait. C'est mon jeu quand même !
- Super ! Tous autour de la grande table. J'ai tout prévu. Les papiers ont la forme de la case avec le numéro de case derrière. Après l'illustration, vous collez votre réalisation sur le support. Au boulot !

La maman de Léo aide son fils. Papy met une musique en sourdine. Le brouhaha s'atténue. Tout le monde s'active dans un bien-être absolu.
Papy prépare le goûter. L'odeur de chocolat chaud envahit la salle. Les réflexions fusent :

- Humm !!!
- Ça sent bon.
- J'adore le chocolat.
- Si certains n'aiment pas le chocolat, j'ai du café ou du rhum antillais, au choix !

Un grand rire collectif envahit la salle couvrant la musique ambiante.

Grégory s'approche de Papy et lui parle à voix basse.


- C'est bien  Papy ce qu'on fait mais tu m'avais promis un jeu comme Paul fait à l'ordinateur et plastifié.
- Tu as raison mon bonhomme. Tu l'auras ton support comme celui de P'tit Paul. Qu'est-ce qu'on va faire de celui-ci ?
- On l'offre à Léo ! C'est Paul qui l'a dit et Léo, il est d'accord.

Support du « Jeu de l'Oie » offert à Grégory
pour ses 9 ans.

En réalité, ce support existant a été adapté
pour un épisode de « Dis Papy »

À l'origine ce grand format 1,20 m X 0,93 m
avait déjà été conçu pour un anniversaire.

# Merci Papy

L'anniversaire de Grégory se termine dans la joie et la bonne humeur. Après avoir récupéré le support, l'heureux bénéficiaire, fier de son cadeau, remercie Papy avec un gros bisou.

- Je t'aime Papy !
- Moi aussi mon bonhomme. Tu as évolué Grégory. Je suis content pour toi.

De son côté, Léo observe avec un grand sourire le deuxième support.

- Regarde Maman comme il est beau.
- Oui, c'est vrai et tous tes nouveaux amis ont participé. Il ne manque plus que la dédicace de Papy.
- Oui, 'as raison Maman !.. Papy Michel ?..
- Oui mon trésor... Tu désires quelque chose ?
- Une dédi... une dédicace sur mon cadeau.
- C'est avec plaisir.

Paul reprend le sien qui avait servi de modèle. Tous les adultes présents à la fin de ce bel après-midi, ont le sourire. L'ambiance est détendue. L'œuvre de ce super Papy !
Une collation est servie et tout le monde lève son verre pour trinquer... C'est à ce moment précis que Kevin intervient.

- Il va être l'heure Monsieur Antoine !
- Très juste. Heureusement que vous êtes là.

Antoine installe son ordinateur portable, l'allume et lance l'application. Tout le monde est au courant sauf Papy Michel qui ouvre de grands yeux. Kevin égrène le compte à rebours repris à l'unisson.

- Cinq, quatre, trois, deux, un. Go !
- Bonjou tout moun !..

Un sourire éclatant mange l'écran de l'ordi. On entend une musique antillaise en fond sonore. Papy n'en revient pas.

- Bonjour Marie-Rose.
- Bonjour mon Michel. Tu nous manques, ici !
- Moi aussi, vous me manquez... mais que se passe-t-il ?
- Faut demander à … Kevin, je crois.

Kevin très ému, reprend la parole.

- Je voulais vous remercier Papy Michel pour tout ! J'en ai parlé à tout l'monde. Je voulais vous faire un cadeau. C'est toujours vous qui en faites aux autres. C'est Antoine qui a eu l'idée.
- L'idée de quoi ?
- C'est moi Papy qui ai aperçu le numéro de téléphone sur une carte postale affichée dans ta cuisine.
- Tu fouilles dans mes affaires maintenant Julien ?
- Non, c'était à la vue de tout le monde ;
- Et c'est moi qui ai appelé !
- Vous Isabelle ? Mais c'est un complot.

La voix enjouée sort de l'ordi. Cette personne, à des milliers de kilomètres, a tout entendu.

- Bienvenue en Guadeloupe Michel ! On t'attend tous... Pas de voyage organisé, tu es invité chez nous pendant quinze jours. Ta grande famille en métropole t'offre le voyage !

Nous ici, on leur a conseillé un aller simple mais il ont préféré un aller-retour. Comme on les comprend !

- C'est un choc mais je ne peux pas refuser ! Et Virgule ?
- Le chien viendra chez nous Papy !
- Mais, nous nous connaissons à peine.
- On a tout envisagé et c'est la seule possibilité. Nous avons de l'espace et il ne sera jamais seul.

Toute cette solidarité autour de lui. Papy est très touché. Hélène restée silencieuse jusqu'alors, apporte quelques précisions.

- C'est un juste retour des choses Papy Michel. Il faut vous préciser que toutes les personnes qui ont participé à cette noble cause ne sont pas présentes. Cédric et Angélique Fournet et enfin le père de Sébastien, Pierre Chenet qui nous demande de l'excuser pour le retard, ont spontanément adhéré au projet.
- Toute la ville s'y est mise, quoi !
- Non, ceux qui vous aiment seulement et ça fait déjà beaucoup de monde.
- Bon, moi je vous laisse en famille. Une bise à tout le monde. À bientôt Papy Michel.
- À bientôt Marie-Rose, préparez le rhum. J'adore ça ! Pourquoi aujourd'hui Kevin ?
- C'est un jour d'anniversaire et vous voulez pas fêter le vôtre.
- Non, c'est vrai... plus depuis le départ de Mamie.

C'est le moment choisi par l'Adjoint au Maire pour faire son apparition.

– Désolé Monsieur Girard pour le retard mais vous savez les affaires et les réunions...

Papy Michel s'approche de celui qui a, il y a quelques années, brusqué Mamie, lui tend la main et pour la première fois pose sa main sur l'épaule de ce m'as-tu-vu qui ne peut s'empêcher de s'émouvoir.

– Merci Papy Michel !

# Index

**La clochette** : Le « Sésame ouvre-toi ! » pour entrer dans l'univers de Papy. Son tintement est toujours une grande satisfaction pour un grand-père heureux de recevoir.

**Le jardin** : Toujours agrémenté de fleurs, fournissant fruits et légumes, il est l'objet de tous les soins de Papy. C'est le lieu d'accueil de tous les visiteurs et le gardien de leurs confidences.

**Le banc** : Symbole de pérennité. Il a toujours été là ! Le divan version Papy. Un héritage du passé !

**La grange** : Le lieu retrouve une certaine jeunesse, il y a comme un air de vacances lorsqu'on reste dormir chez Papy. Désormais, la salle polyvalente de Papy.

**La boîte à gâteaux** : La présence discrète de Mamie, elle est partie en laissant la recette ; Hélène a pris le relais. Il faut la mériter. Sa sortie est toujours un honneur.

**La musique** (la discothèque de Papy) : On vient y puiser un réconfort, finir en beauté une discussion émouvante et même verser une petite larme.

**Les citations** ; On s'enrichit de l'expérience d'autrui et cela, Papy l'a bien compris.

**La main sur l'épaule** : Un geste réconfortant que Papy réserve aux personnes qu'il apprécie. Par cette manifestation de tendresse, il conclue un moment fort en émotion.

**La larme à l'œil** : Fréquente chez ce senior sensible aux mésaventures de ses proches. Cette force de la nature démontre par cette attitude que s'émouvoir n'est pas un signe de faiblesse. Bien au contraire !

**Virgule** : Le nouveau compagnon de Papy Michel. Il apporte par sa seule présence et sa fidélité un bien-être au quotidien.

# Remerciements

Écrire est un acte individuel et très personnel pour notre propre bien-être, l partager devient alors une démarche orientée vers les autres.

Lors de cette première phase, on s'isole, on coupe, ne serait qu'un bref instant, les liens qui nous unissent et notamment avec sa propre famille. Je veux donc débuter ces remerciements par une reconnaissance inconditionnelle à ma petite famille pour qui je n'ai pas toujours eu la disponibilité de Papy Michel quand j'étais absorbé par l'écriture.

Un remerciement tout particulier à Stella qui a spontanément accepté d'écrire la préface de ce livre, mettant en attente de précieuses études qu'elle suit avec brio.

Merci à Laurence Gaillard Navarro, mon épouse, qui assume bien souvent seule la plupart des tâches qui nous incombent à tous les deux, me permettant ainsi de réaliser mon rêve.

Un grand merci aux membres de Scribay et tout particulièrement à ceux qui, par leur soutien, leurs commentaires pertinents et les quelques annotations très utiles m'ont permis d'avancer, de me corriger ou de m'améliorer. Merci à Clo06, CM LE GUELLAFF, Carouille, Jocelyne B., Marie No Roque, Morgane Le Guivinec, Jonas

# Liens et contact

Pour me contacter :

marcelnav45@gmail,com

https://www.scribay.com/author/1319932402/lolocecel

# Sommaire

Préface     5

1   Retrouvailles     7

2   Promesse     9

3   Pile ou face     13

4   Que c'est beau la vie !     17

5   Jeu de société     21

6   Attention danger !     25

7   Amoureux     29

8   Vous avez des questions ?     33

9   Émotion     37

10   Il ne manquait plus que cela     39

11   Explications     43

12   Prépératifs de Noël     47

13   Sagesse     51

14   Tentation     55

15   Mini conseil     59

16   Conseil de famille     63

17   Tu as raison, c'est facile !     67

18   Énigme     69

19   Merci     73

20   Identification     77

21   Parenthèse     79

22  Amour ou amitié                     83

23  Apparences                          87

24  Tout s'explique !                   91

25  Sacré bonhomme !                    95

26  Soirée pizza                        97

27  Memory                             101

28  Papy raconte                       105

29  Un visiteur                        109

30  Des mouchoirs en papier            113

31  Décision délicate                  117

32  Il est toujours là !               121

33  Élections ouvertes                 125

34  Élections truquées                 129

35  Enfin un nom                       133

36  Jade et Léo                        137

37  Coup de blues                      141

38  Habile demande                     145

39  La maman de Léo                    147

40  Confidence                         151

41  Activité artistique                155

42  Merci Papy                         161

Index                                  165

Remerciements                          167

Éditeur : BoD-Books on Demand,
12/14 rond point des Champs Élysées, 75008 Paris, France
Impression : BoD-Books on Demand, Norderstedt, Allemagne
ISBN : 978-2-322-13919-4
Dépôt légal : février 2017